帝都あやかし屋敷の契約花嫁
溺愛仮夫婦が、鬼の開いた夜宴に挑みます!

江本マシメサ

ポプラ文庫ピュアフル

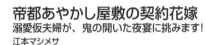

登場人物紹介

山《やま》上《がみ》装《そう》二《じ》郎《ろう》

香道家元の名だたる華族。
あやかしのお頭との異名も持つ
山上家の次男“予備”。
白檀の香りをまとい、吊り香炉を
操って術式を使う。

久《こ》我《が》まりあ

異国人の母と日本人の父を持つ、
金髪に深い青い瞳の女性。
没落した過去を持つが、
今は装二郎と契約夫婦関係に。
魔眼の異能を持つ。

清白《すずしろ》

まりあの眷属の白蛇。
睡眠が趣味ののんびりや。

化け猫

まりあが助けて以来、
山上家の屋敷に住みつく。

帖《ちょう》尾《お》家

古くから暗躍してきた諸悪の根源。
山上家を目の仇にし、
代々当主の命を狙ってきた。

山《やま》上《がみ》装《そう》一《いち》郎《ろう》

山上家の長男“継承者”。
装二郎とは双子で見た目は瓜二つ。
当主は命を狙われるため、
山上家には次男を“予備”とする風習がある。

コハル

まりあの眷属、
化け子狐。
襟巻きに化ける。

ウメコ

山上家に仕える化け川獺。
紅梅色の着物にフリル付きの
白い前掛けを着用。
よく嘘をつく。

これまでのあらすじ

華族令嬢だった久我《こが》まりあは、父親の不祥事が原因で没落し、婚約者である波田野敦雄《はたのあつお》からも見捨てられるという境遇にあった。

そんな彼女は国内でも指折りの名家である山上《やまがみ》家の嫡男、装二郎《そうじろう》と夜会で思いがけない邂逅《かいこう》を果たす。

山上家には、帝都にはびこり夜な夜な事件を起こすあやかしを匿うだけでなく、花嫁候補を家に連れ帰り、血肉を啜《すす》っているという不穏な風聞《ふうぶん》が流れていた。

両親のために裕福な結婚相手を探していたまりあであったが、山上家の当主と関わるのは危険だと即座に判断し、彼の前から走り去る。

山上家との縁もこれまでかと思いきや、なんと装二郎は求婚してきた。

彼はまりあが没落していると知らずに、妻にと望んだのだ。

まりあは半ばやけになり、提案する。両親の暮らしを支援してもらえるのなら、結婚します、と。さらに、自分が没落した久我家の娘であると告げた。

それで断るようであれば、快く応じようと思いつつ。

だが、装二郎はまりあ自身を見て、家柄など関係なく妻にと選んでくれ、ふたりはひとまず契約結婚をすることに。なぜなら山上家はある事情を抱えていたからだ。

やがて、装二郎が嫡男でないことが発覚したり、想定外の事件に巻き込まれたり――。

さらに、装二郎には九尾の黒狐が取り憑いていて……？

やっと装二郎とまりあは、本当の夫婦になれるかと思いきや――

兄である装一郎《そういちろう》に阻まれて、契約花嫁生活は、まだまだ続くのだった。

CONTENTS

Teito Ayakashi
yashiki no
Keiyaku hanayome

夜も更けつつある時間、帝都の下町に女性の悲鳴が響き渡る――。

「きゃあああああ！」

夜闇に響いた声の主を、助ける者はいない。

女性は必死になって逃げていたものの、彼女を追う者はいなかった。

目には見えない〝なにか〟から、逃れるように走る。

行き着いた先は帝都を流れる川。

川に飛び込んだら、この恐ろしい状態から逃げきれるだろう。けれども彼女はどうしようもなく、水中に身を投じることが恐ろしかった。

追い詰められた女性は震えながら、一刻も早く朝になるよう祈る。

だが、願いは叶わず――彼女は翌日、遺体となって発見された。

平和になったはずの帝都に、新たに忍び寄る影があった。

第一章 契約花嫁は、新たな役目を任される

各地で桜が満開となる美しい季節。馬車の中で見目麗しい男女が寄り添って座っていた。

男性の年頃は二十代半ばほどで、気だるい雰囲気と眠たげな垂れ目が印象的な和装の似合う青年である。名前を山上装二郎《やまがみそうじろう》といい、帝都で名だたる華族の出身だ。彼は白檀《びゃくだん》の匂いをまとう古風な男性で、端整な見た目であるものの、少しぼんやりとした印象がある。

一方、女性の年頃は二十歳前後で、黄金色《こがね》の美しい髪に海のように深い青い瞳を持つ。名は山上まりあ。髪と目は異国人の母親譲りで、勝ち気な雰囲気が漂う、洗練された美人である。

今日、夫婦であるふたりは共に馬車に乗り、まりあの実家である久我《こが》家を目指していた。下町のあばら屋に住んでいたまりあの両親であったが、主である父の横領の疑惑が晴れたのと同時に住み慣れた屋敷に戻ってきたため、会いにいくのだ。

山上家から久我家まで、馬車で二十分ほど。久しぶりの両親と過ごす時間に、まりあは心を躍らせていた。

「まりあ、僕が行ってもよかったの？　親子水入らずで楽しんだらいいのに」

「父も母も、装二郎様とお会いするのを楽しみにしているようでしたので」

「そうだったんだ。だったらよかった」

装二郎はやわらかな微笑みを浮かべる。以前は少し陰があるような空気をまとっていたが、今はきれいさっぱり晴れやかだ。

装二郎は今日、これまで伏せていた山上家の事情を打ち明ける決意と共に向かっているのだという。

「僕が山上家の当主じゃないって知ったら、がっかりするかな？」

「おそらくその辺も心配いらないかと。父は最初から気づいていたような気がします」

「僕が山上家の当主ではないって？」

「ええ。父は普段、柔和な印象しかないでしょうが、勘が鋭いところがあるのです」

――山上家が長年にわたって秘匿し続けてきた、双子の片割れとしての呪いのような役目を装二郎は負っていた。

山上家は三百年前に一度、当主の命が狙われ一家断絶の危機に陥った。その際、一族の血に大がかりなまじないが刻まれたのだ。

それは、山上家には必ず双子の男児が生まれるというもの。

兄を継承者として世に姿を出さないように育て、弟には予備として当主のふりをさせつつ表立った活動をさせる。

すると命を狙われるのは予備で、継承者の命は守られるのだ。

つまり装二郎は予備であり、命の危機にさらされる可能性がある山上家の当主の身代わりを務めていたのだ。

そんな装二郎だが、ある一点において失敗していた。

「魔眼《まがん》持ちであるまりあのお父さんだから、嘘を暴く異能を持っているとか？」

「ちがいます。結婚を申し込んできたとき、装二郎様は自分の本名を名乗っていたでしょう？」

「あ！」

山上家の当主は装二郎の双子の兄、装一郎《そういちろう》である。社交界へめったに姿を現さないものの、その名前は広く知れ渡っていた。

それなのに、装二郎は自らの名で結婚を申し込んだ。

「顔合わせの席で、父は名前を確認していましたよね？」

――やや、装二郎君といったか。よく来てくれた。

「うわ、言ってた！」

装二郎はまりあの父の言葉を思い出し、思わずといった様子で額に手をあてる。

「たぶん、あのときに、まちがいでないか確認を取ったのだと思います」

「そうだったんだ。ぜんぜん気づいていなかったよ」

当時の装二郎は、まりあと結婚したいと熱望するあまり、継承者の花嫁を選別する予備の役割について、すっかり失念していたらしい。

それゆえに、装一郎と名乗っていなかったのだという。

「でも、よく当主ではない男との結婚を許してくれたよね」

「まあ、あのときの久我家は落ちぶれておりましたし、結婚相手を選んでいるような状況でもありませんでしたので。ただ、お父様のことですから、誰でもいいと考えていたわけではないと思います」

まりあの父親は装二郎をいたく気に入っていた。その理由については謎だが、なにかきっかけがあったのだろう、とまりあは推測している。

まりあは装二郎の手をそっと握り、安心させるように励ます。

「なにも心配はいりません。今日はお父様とお母様がうすうす察していたことを、装二郎様の口から説明するだけですので」

なにがあってもまりあは装二郎の味方だ。そう耳打ちすると、装二郎は安堵した表情で頷いた。

装二郎がそっと身を寄せると、白檀の香りがかすかに鼻先をかすめる。

まりあが世界で一番安心する香りだ。

白檀の香りは強くなく、今みたいに近づかないとわからない。そのため、まりあは装二郎の肩に身を預け、馨《かぐわ》しい香りに酔いしれたのだった。

やがて帝都でもひときわ目を引く異国風の建築物である、久我家の屋敷に到着する。下町に住んでいた時代にはいなかった執事と侍女が出迎え、まりあの父親のもとへと案内してくれた。

水晶でできた室内灯《シャンデリア》が輝く客間で、親子は久しぶりの再会を果たす。

「まりあ、よく来てくれた！」

「装二郎さんも、いらっしゃい」

下町で暮らしていたときとなにひとつ変わらない笑顔で、まりあの両親は迎えてくれた。母の抱擁を受けたまりあは涙が出そうになる。けれどもぐっとこらえ、笑みを浮かべた。

装二郎は風呂敷に包んでいた酒瓶を差し出す。

「あの、これ、今流行のウヰスキーです」

「おお！　なんともすばらしい物を、ありがとう」

異国から輸入したという年代物のウヰスキーは、装二郎と共に選んだ品だ。気に入ってくれたようで、ホッと胸を撫で下ろす。

両親揃って酒が大好きなので、楽しんでくれるだろうとまりあは考えたのだ。

侍女が淹れてくれた紅茶を飲みつつ、近況を語り合う。

まりあの父親は爵位を取り戻し、元の忙しい生活に戻ったようだ。しかしながら、以前と変わらない暮らしも続けているという。

「週末は豆腐店で働いているんだよ」

「まあ！　お父様、どうしてそんなことを？」

「豆腐づくりの仕事が思いのほか楽しくてね、職場の人達との付き合いも続けたいからだよ」

伯爵である父と下町の豆腐店の者達とは、立場が異なる。社交界に戻ってきた以上、以前と同じ付き合いはできない。

「けれども、働いているときは伯爵でなく、ただの労働者になれる。だから、豆腐店の仕事を通じて彼らとの関係を続けているんだ。何者でもなかった私と仲良くしてくれた人達とのご縁は、かけがえのないものだから」

久我家が没落したばかりの頃、まりあは伯爵令嬢ではない自分に価値を見出す人なんていないことを知った。誰もまりあを見ていなかったのである。それは彼女だけでなく父親も同じだったのだ。

身分社会にいると皆、地位や財産、家柄のみに目がいき、誰もその人自身を見ようとしない。

「なにもかも失ってしまうと、自分がいかにちっぽけな存在であったか、身をもって知ることになったんだ。そんな状況の中でよくしてくれた人達との関係を絶ちたくなくてね」

「お父様……わたくしもよくわかります」

かつてのまりあもそうだった。真なる当主である装一郎との結婚を強要されたが、断固として受け入れようとしなかったのだ。

「縁を大切にした結果、わたくしは今の幸せを実感しておりますので」

「それはよかった」

装二郎がまりあを尊重し大事にしてくれるように、まりあも装二郎を心から尊敬し、この結婚を価値あるものとして大事にしたい。陰謀による没落を経験したまりあは、他人との付き合いについてこれまでと異なる考えを持つようになっていた。

「お父様、お母様。今日は装二郎様とある報告をしたいと思い、訪問しました」

まりあが話しはじめるのと同時に、装二郎は深々と頭を下げた。

突然の行動に、まりあの両親はギョッとする。

「装二郎君、いったいどうしたんだ？」

「頭を上げてちょうだい」

「ご報告していなかったことがありまして」

この件に関して、まりあは途中で知ったのに両親に伝えていなかった。自分も同罪だと思い、装二郎と共に頭を下げる。

「まりあまで！」

「いったい、どうしたっていうの？」

「――実は、僕は山上家の当主ではないのです」

しーん、とその場が静まり返る。

どうしてなにも反応しないのか。

まりあは恐る恐る顔を上げる。すると、きょとんとした両親と目が合った。

いったいなにを謝っているのか、という表情である。

まりあは装二郎の肩を叩き、もう顔を上げてもいいと耳打ちした。

「その、なんと言えばいいのかわからないけれど、装二郎君が山上家の当主でないことは、最初からなんとなくわかっていたよ」

やはり、そうだった。知っていて、まりあを嫁に送り出してくれたのだ。

「帖尾《ちょうお》君が起こした事件が解決したあと、装一郎君が私達を訪ねてきてね。深々と頭を下げられたんだよ」

「装一郎が!?」

先を越されていたというわけである。その際に、装一郎が山上家の抱える事情について説明していたらしい。

「お引っ越しやらなにやらでお忙しいでしょうと、僕が遠慮している隙に、装一郎が来ていたなんて！」

装二郎は顔面蒼白になり、頭を抱え込む。

さすがは山上家の当主を若くして務める男、装一郎——とでも言うべきなのか。装二郎ができなかったことを、難なくやってのけたのだ。

「心配しなくても、君が山上家の当主だからまりあとの結婚を許したわけではないんだよ」

没落したまりあを妻にと望んでくれた、というのも理由のひとつだった。けれどもその前に、父には愛娘を嫁にやろうと決心した出来事があったらしい。

「君と手紙をやりとりするようになってから、まりあは明るくなってね。安心して任せられる男なんだろうな、と確信していたんだ」

「お義父《とう》様……！」

目を見張る装二郎に、今度はまりあの両親が深々と頭を下げる。

「装二郎君、改めてまりあを頼むよ」

「これまでと変わらず大切にしてくれたら嬉しいわ」

「あ、わっ、お義母《かあ》様、お義父様、頭を上げてください」

慌てふためく装二郎の声を聞き、両親の肩が震えていることに気づく。わざとやっているな、とまりあは勘づいてしまった。

「お父様、お母様、装二郎様をからかうのはこれくらいにしてくださいませ。気の毒ですわ」

「おや、バレたか」

「まりあったら、すぐに気づいてしまうんだから」

部屋の中は一気に和やかな空気になる。まりあは両親のこういうところが大好きだ、と改めて思った。

そうして客間からは笑い声が絶えず、楽しい時間を過ごす。

ここでまりあの父が思いがけない提案をした。

「では、ここから男女に分かれて話そうではないか」

ギョッとしたのはまりあである。装二郎が気まずいのではないのか、と思ったのだ。視線を彼に向けると、実にのほほんとした様子で「いいですねえ」なんて言葉を返している。

「装二郎君、まりあの幼少期の写真を見せてあげよう」

それはちょっと、と言おうとしたものの、装二郎があまりにも嬉しそうだったので止められなかった。まあいいか、と見過ごす。

男衆がいなくなると、まりあの母は嬉しそうに話しかけてきた。

「ねえ、まりあ。今日、アンナが来ているの！」

アンナというのは、かつて久我家に仕えていた使用人である。現在は結婚したものの一週間に一度はやってきて、侍女の仕事をしてくれているらしい。

アンナは医者の妻で裕福な暮らしを送っている。けれどもまりあの母を慕い、今でも通ってくれているのだ。

「せっかくだから、三人でお話ししましょう」

「ええ！」

アンナを呼び、三人で紅茶を囲む。

久我家が没落してからは、アンナは幸せな結婚生活について話したがらなかった。不幸な目に遭ったまりあ達に悪いと思って、言えなかったのだろう。

けれども今は状況が変わった。まりあはアンナから惚気《のろけ》話を聞き出す。

「――というわけで、わたくしめは幸せに暮らしております」

「そう、よかった」

アンナは両親に捨てられ、身寄りがなかった。そんな彼女が今、満たされた暮らしをしているというのは、まりあにとってなによりも嬉しいことである。

「ですが、医者の妻というのは正直な話、非常に暇でして……」

久我家に通う日数をもっと増やしたいと望んでいるようだが、医者の妻があくせく働くというのは外聞が悪いらしい。

「まりあ、聞いてちょうだい。アンナったら、うちに働きにくることを、私とお茶をしてくるって夫に伝えているらしいの。正直に、働きたいから久我家に通っているって言えばいいのに」

「お母様、アンナにも事情がありますのよ」

ちなみに彼女が稼いだ賃金は、全額孤児院へ寄付しているという。彼女の献身に頭が下がる思いとなるまりあであった。

アンナが心から楽しいと思うのは、久我家で働くことらしい。それ以外にもなにか趣味を見つけられたらいいと考えているようだが、いまいちピンときていないようだ。

「私にもなにか、夢中になれるものでもあればよいのですが」

これまでも、まりあの母が刺繡や裁縫、生け花などを指南したようだが、どれもアンナの琴線に触れなかったのだという。

「まりあお嬢様、なにかいいご趣味などご存じでしょうか？」

「わたくしの、趣味？」

没落する前のまりあは、時間さえあれば木刀で素振りをしたり、屋敷の周囲を走って体力づくりをしたり、と日夜、体を鍛えていた。

けれどもそれらの行為は、アンナ向きではない。なかなか難しい問題であるが、女学生時代まで記憶を遡ると、まりあではなく友人達が夢中になっていたものを思い出した。

「アンナ、読書とかいかがですか？」

「読書、ですか？　私には難しいように思えてならないのですが」

きっと今アンナが思い浮かべたのは、哲学書のような小難しい内容の本だろう。

だがまりあがイメージしたのは今流行している、若者向けのわかりやすい文章で書かれた推理ものや恋愛ものである。

「けっこう面白いらしくて、女学生時代の友人達は夢中になって読んでいましたよ」

誰かが購入した本を回し読みし、感想を言いあうことも流行っていた。

卒業後は皆、花嫁修業や結婚で忙しく、本を読む暇どころか集まるのでさえ許されなかった。そのため、読書をするという趣味は自然と廃れ、今女学校時代の友人と再会しても、本の話題が出ることはなかったが。

「まりあ様、そういった本は、貸本屋に行けばあるのでしょうか？」

「もちろん」

庶民にとって本は高級品である。そのため、街にある書店の大半は貸本屋だ。本が欲しい場合は貸本屋で注文し、取り寄せて買わなければならない。

「本については、侍女が特別詳しいらしいので、なにか面白い本などないか聞いてみたらよろしいかと」

「わかりました。ありがとうございます」

時計の鐘が鳴り、一時間も話し込んでいたことに気づく。楽しい時間はあっという間に過ぎていくようだ。そろそろお暇しよう、とまりあは立ち上がる。ちょうど、装二郎が戻ってきたところだった。

両親は名残惜しそうにしていたが、甘えるわけにはいかない。

「ここのかすていら、とてもおいしいの」

「ありがとうございます」

別れ際にそう言って、まりあの母は土産を持たせてくれた。


ガス灯が煌々と照らす大通りを抜け、ふたりが乗る馬車は華族の邸宅が並ぶ住宅街へと戻ってきた。

ここには、山上家が用意した本邸と見せかけた別邸がある。本邸は帝都の郊外に隠れるように佇んでいる。

かつて山上家が何者かの策略により一家断絶の危機に追い込まれたため、外部との接触には慎重になっている。それは真なる当主である装一郎と双子の弟である装二郎の存在が、世間に知れ渡った今でも変わらない。

誰かが装一郎と接触を図りたいときは、装二郎のもとを訪ねるようになっているのだ。

漆喰《しっくい》の塀が延々と続く、ひときわ立派な武家屋敷の前に行き着く。人々から『あやかし屋敷』とも囁かれる、山上家の邸宅だ。

ここには傷ついたあやかし達が運び込まれ、回復するまで療養する。装二郎がその役割を任されているというのは、今も変わらない。

門を通り抜けると、庭先で遊んでいたあやかし達に囲まれてしまう。

「まりあ様、お帰りなさいませ！」

「お待ちしておりました！」

もふもふ、ふかふかとした狐や狸のあやかし達が、まりあのもとへわらわらと集まってくる。その場にしゃがみ込むとなめらかな毛並みに埋もれそうになった。

「こらこら。みんなして、まりあに集《たか》るんじゃないよ」

「装二郎様、わたくしは平気です。むしろ幸せな瞬間ですわ」

時間さえ許せば永遠にあやかし達と遊んでいられる。そんな思いをまりあは胸にしまっていた。今は装二郎がいるので早々に切り上げ、あやかし達と別れる。

玄関に足を踏み入れると紅梅色の着物を着込み、ひだがあしらわれた異国風の前掛けをまとった、二足歩行の化け川獺《かわうそ》がやってくる。

彼女の名はウメコ。千年ほど山上家に仕える古株で、会話に嘘を織り交ぜるというお茶目な性格をしている使用人だ。

「装二郎様、まりあ様、お帰りなさいませ」

ウメコは旅館の女将も顔負けの、優雅な所作で挨拶してくれる。

「おやおや、旦那様、お出かけしている間に、男ぶりがたいそう上がったようにお見受けします。お鼻が、杉の木のように高くなっている気がするのですが」

「え、そう？」

嬉しそうな表情を浮かべる装二郎に、まりあはぴしゃりと釘を刺す。

「装二郎様、ウメコの得意とする嘘ですので、信じないでくださいませ」

「えー！　信じちゃったよ」

「鼻が杉の木のように高くなっては、もはや化け物です」

「言われてみればそうかも」

がっくりうな垂れる装二郎の様子を見て、ウメコはにんまりと目を細くする。嘘を信じてもらえたので、嬉しいのだろう。

「まりあのご両親に秘密を打ち明けて、一段と恰好よくなってしまったと思っていたのに」

「なにも変わりませんので、どうかお休みになってください」

「まりあも一緒に休もう」

「ええ、わかりましたから」

一度着替えて楽な恰好になろう、なんて話しているところに、パタパタと一匹の仔狐が駆けてくる。

「まりあ様、お帰りなさいませ！」

「ただいま」

嬉しそうにやってきたのは、まりあの眷属《けんぞく》である化け狐コハルだ。

今日はまりあの両親を驚かせないよう、留守番を命じておいたのだ。

「清白《すずしろ》は？」

「部屋でお昼寝しております」

「そう」

もう一匹、まりあには契約を交わしたあやかしがいる。白蛇の清白だ。まりあのそばを離れたがらないコハルと異なり、清白はのんびりしており、留守番も得意なのだ。

装二郎と別れ、私室に戻る。その途中、小さな影に気づいた。

「あら、あなたも出迎えてくれたの？」

「――!!」

覗き込んだ先にいたのは、毛足の長い化け猫である。

「べ、べつに、出迎えたわけじゃない！」

そう叫び、どこかへ逃げてしまった。

以前、まりあが助けて以来この屋敷に住み着き、たびたび様子を見にくるのだが、あのように素直じゃない態度を取り続けるのだ。

時間が解決するだろう。そう期待しつつ、まりあは私室の戸を開く。

窓際に置かれたひとり掛けの椅子に、清白がとぐろを巻いて眠っているのを発見した。コハルが駆け寄り、声をかける。

「清白さん、まりあ様がお帰りになりましたよ」

「うーん」

まだ眠っていたいのだろう。放っておくように言っておく。

ウメコが訪問着から楽な着物に着替えるのを手伝ってくれた。

「やや！　まりあ様、少しお痩せになったのでは？　腰周りが物干し竿のように細くなっておりますよ」

「はいはい」

ウメコの嘘には慣れっこなので軽く受け流す。ただ、内心面白がっているところがあり、まりあは口を覆った。先ほどウメコが装二郎に言った、鼻が杉の木ほど高くなっているという嘘を思い出し、笑いそうになってしまったのだ。

「まりあ様、どうかされたのですか？」

「いいえ、なんでも。それよりもウメコ、外出中になにか変わったことはなかった？」

「なにもございませんでした」

「そう、よかった」

あやかしを匿い、あやかしと過ごすこの屋敷での暮らしに、今のまりあは驚くほど順応していた。

ここにいるあやかしは話に聞いていた恐ろしい存在ではなかった。まりあに遊んでほしくて、わらわらと集まってくる様子は愛らしいとしか言いようがない。

山上家での生活がこのように穏やかな日々になるとは、誰が想像していただろうか。

結婚してよかった、とまりあはしみじみ思った。

茶の間に向かうとすでに装二郎がいて、ごろりと転がっていた。

「まあ！　装二郎様、そんなところで眠ったら風邪を引いてしまいますよ」

「まりあがやってくるまで、横になっていただけだよ」

起き上がると、隣の座布団をぽんぽんと叩く。早く座るように促しているのだろう。

まりあは仕方がないと思いつつ、ちょこんと腰を下ろす。

そこにウメコが茶を運んできた。茶菓子はまりあの母がお土産にと持たせてくれたかすていらである。卵と砂糖を贅沢に使った菓子はまりあの父の大好物で、実家にいるとき、よく食べた思い出があった。

「これが噂のかすていら、か」

「お口に合えばいいのですが」

装二郎はかすていらを手で掴み、ひと口で頬張る。その様子を見たまりあは思わず笑ってしまう。

「あ、行儀が悪かった？」

「いいえ、父もそうやって手掴みで食べるものですから」

「そうだったんだ。いや、お義父様と話が合うわけだ」

装二郎とまりあの父は、のんびりしていてどこか雰囲気が似ている。文学や食べ物の趣味も似ているようで、つい今しがたも話が盛り上がっていたらしい。

「今度、お義父様が書斎に招待してくれるんだ。楽しみだな」

「あら、そうですのね」

「僕もいつか、お義父様を書斎に招待できたらいいなーって思っているんだけれど、その前に掃除をしないと」

「掃除をしなくても、十分おきれいだと思いますけれど」

「いやいや、本の並びはバラバラだし、その前に虫干ししたいし」

なにやらこだわりがあるらしく、整理してから招きたいようだ。

「装二郎様は普段、どういった本を好んで読んでいらっしゃいますの？」

「医学書が中心かな。東洋医学だけじゃなくて、西洋医学も買い集めていたんだ。一時期は寝る間を惜しんで、読みふけっていたよ」

意外な趣味であった。なぜ、装二郎は医学書を読んでいたのか。まりあは質問を投げかける。

「装二郎様、お医者様になりたかったのですか？」

「ちがうよ。当時はなんというか、予備の呪いを医学的視点でどうにかできないか、調べていたんだ。藁《わら》にもすがる思い、って言えばいいのかな。追い詰められた状態で、なんとか生き延びようと、あれこれあがいていた」

その話を聞いたまりあは、そっと装二郎を抱きしめる。

「当時の装二郎様のおそばにいられたら、どれだけよかったか」

「うん……。まりあがいたら、心強かっただろうね」

しかしながら、久我家が没落する前のふたりの人生は交わらなかった。

「でも、そのときに出会わなくてよかったのかもしれない」

「それはどうして？」

「弱りきっているときにまりあがそばにいたら、依存しすぎていただろうから。それにたぶん、情けなさすぎて、好きになってもらえなかったと思う」

生に執着し、医学に傾倒していたときの彼は、まともではなかったという。

装二郎がぼんやりしていて浮き世離れしていた理由は、なにをしても無駄だと悟り、人生を諦めていたからだった。

「まりあと出会ったのは、余生をゆるーく生きようと決意して、装一郎の花嫁を探すためにの、他人にちょっとだけ興味を示すようになった時期だったんだよね」

「そのおかげで、わたくしは装二郎様に見初めていただいた、というわけですか」

「そう。僕ってば、女性を見る目がありまくりで。すばらしい慧眼《けいがん》の持ち主だよね」

「自分で言います？」

「言っちゃう。まりあを見つけたことに関しては、自信を持っているから」

今の装二郎は心配いらない。まりあがそばにいるし、人生を悲観しているようには見えないから。そう思って離れようとしたのに、装二郎がまりあをぎゅっと抱きしめて引き留める。

「ちょっと、装二郎様、離してくださいませ」

「まりあのほうから抱きついてきたのに。僕って、都合がいい男なのかな？」

「どうしてそういう話になるのですか！」

身じろぎできずにいたら、背後の襖が開いた音に気づく。ウメコやコハルであれば声をかけるはず。いったい誰かと振り返ったら、装二郎とまったく同じ顔を持つ男性が不可解なものを見る目で佇んでいた。

「あなたは——!?」

「あ、装一郎じゃん」

装二郎の兄、装一郎が突如として現れた。

以前、まりあが山上家の本邸で出会ったときは礼装であったが、今日は色紋付に羽織と袴を合わせた恰好であった。

普段、着流し姿ばかりでどこか抜けている装二郎と比べると、彼は背筋がピンと伸び、表情は常に険しい。顔かたちがそっくりな双子であっても、印象はまるで異なるとまりあは改めて思う。

装一郎は鞘に収まった刀を手にしており、不穏な空気を漂わせている。

それにしてもなぜ、彼がやってきたのか。

まりあが疑問に感じていると、彼の背後からウメコがひょっこり顔を覗かせた。

「あのー、装二郎様やまりあ様に一度お声がけをしてから、と申し上げたのですが、自分の家だから必要ないとおっしゃいまして」

これは本当のことなのだろう。ウメコの嘘はわかりやすいから、とまりあは内心考える。すると、装一郎は感情が読み取れない表情で話しかけてきた。

「昼間からそのように睦みあっているとは、獣のようではしたない」

そんな批判を受け、まりあは全力で装二郎の胸を押し、一瞬にして距離を取る。装二郎は乱れた襟を直しつつ、装一郎に物申した。

「家主の了承を得ずに勝手に家の中に入ってくるのも、獣みたいに無作法だよねえ」

「ここは山上家の屋敷だ」

「残念ながら、ここの屋敷の所有権だけは装一郎ではなく僕にあるんだよ」

父親の生前、装二郎は「残り短い人生だとしても、この屋敷を管理したい」と望んだ。予備である彼の寿命がそう長くないと知っていたからか、父親はあっさり許してくれたのだという。

「財産の管理を家令に任せっきりにしているから、把握していなかったんだねえ」

兄弟の間に不穏な空気が流れる。

間に挟まれたまりあは、なぜこのような事態になったのかと内心頭を抱えていた。兄弟ゲンカに発展しかねない。ここら辺で止めておいたほうがいいだろう。

「まさか、山上家の財産を狙っているのではあるまいな？」

「は？　そんなのぜんぜん興味ないんだけれど。僕の宝物はまりあだけだよ。まあ、独身の装一郎にはわからないよね？」

「なんだと!?」

冷静な装一郎だったが、だんだんと感情を剝き出しにしてくる。

瞳には怒りが滲み、刀の柄を握りしめ、今にも装二郎に攻撃を仕掛けてきそうな危うさをちらつかせていた。

「そもそも、装一郎が結婚してくれないと僕らは正式な夫婦になれないんだ！」

「そんなことを言っても、ふさわしい相手がいないのだから仕方がないだろうが！」

「単にえり好みしているだけでしょう？」

「装二郎、お前になにがわかるんだ！」

これ以上はいけない。

まりあはそう判断し、装一郎が一歩前に踏み出した瞬間、足払いをする。

思いがけない方向からの攻撃に、装一郎は避けることができなかった。

「なっ――!?」

どたん！　と装一郎が倒れてすぐ、まりあは次の行動に出る。呆気に取られていた装二郎の腕を摑み、背負い投げをしたのだ。

これもまた、きれいに決まる。

装二郎も装一郎と同じく、畳の上に転がる結果となった。

「お互いにたったひとりしかいない兄弟同士で、言い争いをしないでくださいませ！」

ケンカ両成敗だ、とまりあが宣言すると、装一郎と装二郎は大人しくなった。

装一郎の手から離れ、畳の上に転がっていた刀を拾おうとまりあは手を伸ばす。

「――あら？」

鞘から抜けているが、刃がないのだ。

「この刀はなんですの？」

「それは香刀《こうとう》だ」

香刀とは線香で焚いた煙で刀を具現化させるものだという。

山上家は香道の家元であり、香術と呼ばれるお香を使った呪術を操るのだ。

装二郎は煙でつくった狼を使役したり、姿隠しの煙をつくり出したり、とさまざまな香術を使う。

「装一郎は前衛、僕は後衛の香術を使うんだ」

「おふたりで戦ったら、敵なしというわけなのですね」

「そうみたい」

「だったら、先ほどのように仲違いをしている場合ではないのでは？」

まりあが指摘すると双子の兄弟はぐうの音も出ないのか、黙り込んでしまった。

静寂が訪れた茶の間に、ウメコが茶を運んでくる。乱れた座布団をきれいに並べ、

「どうぞ、お座りくださいませ」と元気よく勧めた。

牙を抜かれたような状態になった装一郎は、素直に腰を下ろす。

まりあは視線で装二郎にも座るよう促した。

兄弟が向かいあって腰を下ろすと、本題へと移る。

「それで、お義兄《にい》様、本日はどういったご用件でいらっしゃったのですか？」

装一郎は『お義兄様』と呼ばれてピンときていない様子だったが、すぐに自分のことだと気づいたようだ。

「ああ、実は、御上からある要請があって、それを知らせるために来た」

装一郎は懐に入れていた、奉書紙《ほうしよがみ》を折りたたんでつくった封筒を差し出す。

「……陰陽寮が解体された」

「え!?」

驚きの声をあげた装二郎は神妙な面持ちで封筒を受け取り、封を解いた。

陰陽寮というのは、卜占《ぼくせん》や天文、時刻を司る官僚機関である。ここ近年はあやかしに関わることも業務のひとつとし、さまざまな場所で活躍しているはずだった。

装二郎が率直な疑問を投げかける。

「いったいどうして陰陽寮が解体されたの？」

「帖尾に利用されていた、というのが大きな理由らしい」

さらにここ最近目立った成果を上げていなかったことも、解体を後押しする結果となったという。

「陰陽寮の代わりに、新しい組織が発足されることとなった。その名も『帝都国家機関・怪異保全局』——局長に、装二郎を任命すると、御上は決定された」

書面に同じことが記されていたのを装二郎は再度確認したのだろう。双眸《そうぼう》を丸くし、先ほどから驚いたままである。

帝都の名を冠する怪異保全局は、あやかしに関わる怪奇事件を解決するために動く組織だという。

「これまで山上家がしていたようにあやかし達の保護をしつつ、帝都警察の手に負えないような不可解な事件の解決のために奔走する組織だ」

これまでの装二郎の活躍が認められた結果、白羽の矢が立ったらしい。

「まあ、僕の働きだけで決まったことではないと思うけれど」

山上家は古来より、御上を陰ながら支えてきた。その点が評価されたのだろう、と装二郎は冷静に分析する。

「装一郎、その帝都国家機関・怪異保全局とやらは、大人数で構成されるの？」

「いや、基本的に少数精鋭での活動を目指しているようだ」

今のところ、目立ったあやかしの騒動がないことから、組織を大きくすることは考えていないらしい。構成員はかつて陰陽寮で活躍していた者が数人で、組織の活動は装二郎の裁量に任せると書いてあった。

「ねえ、まりあ。君も、怪異保全局の局員として指名されているよ」

「わたくしも、ですか？」

まさかの大抜擢に、まりあは信じられない気持ちがこみ上げる。

「わたくし、足手まといにならないでしょうか？　正直なところ、心配なのですが」

装一郎の分のかすていらを持ってきたウメコが、口を挟んだ。

「まりあ様は今しがた、帝都で一、二を争う実力者である旦那様方を、見事に畳へと伏せたではありませんか！　心配いりませんよ！」

装二郎も彼女の言葉に続けて、まりあを評価する。

「まりあ、君は自分自身の有能さをまったく理解していないね」

女学校では四属性の術式を学年首位で習得し、それだけでなく武術の嗜みもある。あやかし相手でも怯まず、果敢に戦う勇気もあった。

「それにおそらくまりあの魔眼にも、御上は期待しているんだと思うよ」

まりあだけが持つ〝魔眼〟――それは、目には見えないものを視る異能である。

以前、帖尾が起こした事件でも、まりあの魔眼はおおいに活躍したのだ。

「まりあ以上に、組織の一員になるのにふさわしい人はいないと思うな」

「そう、でしょうか？」

「もちろん！　まりあがいたら、百人力だよ！」

装二郎の話を聞いていくうちに、まりあは自信がついたようだ。最初こそ戸惑っていたものの、瞳に力が宿る。

「わたくし、どうにかやっていけそうですわ！」

「うん。まりあだったらきっと活躍してくれると思う」

装一郎も自信を持てとばかりに、何度も頷いた。

「では、御上に色好い返事をしていたと報告してくる。任務の指示については密使を放つようなので、基本は待機となるだろう。ただ、これまでどおり、負傷したあやかしの保護活動は続けるように」

「了解」

装一郎は出されたかすていらを黒文字を使って丁寧に食べ、茶を優雅に飲み干し、帰ろうと立ち上がる。

まりあが見送りをしようとしたが、必要ないときっぱり断られた。

ウメコがあとを追い、「ご当主様！　このお屋敷は、行きはよいよい、帰りは怖いんですよお！」なんて大嘘をついていた。

パタパタという足音が聞こえなくなると、まりあはやっと安堵する。

「ウメコったら、お義兄様相手でも、嘘を言うなんて！」

「彼女くらい図太く生きられたら、人生は楽しいだろうね」

「本当に」

どっと疲労が押し寄せる。それはまりあだけでなく、装二郎も感じていたようだ。

「装一郎がこの家に来たの、初めてかも」

「あら、そうでしたの？」

「うん。だから本当にびっくりしちゃった」

先触れでもあれば、食事を用意させたり、花を生けたりと、いろいろできたはずだ。

まりあは額を押さえ、深くため息をつく。

「いや、装一郎の訪問よりも、本題は怪異保全局についてだよ」

「まさか、陰陽寮の代わりにそのような組織がつくられていたなんて」

装二郎とまりあを信用し、御上が任せてくれたのだ。

「正直、かなり嬉しいかも」

「わたくしもです」

初めての任命で、装二郎とまりあに不安はまったくないとは言えない。けれども、夫婦で手と手を取りあい、協力すればできないことなどないだろう。

「そんなわけだから、まりあ、これからもよろしくね」

「ええ、こちらのほうこそ、どうぞよろしくお願いいたします」

夫婦の新しい挑戦が今、始まろうとしていた。


静かな夜に事件が起こる。

草木も眠る丑三つ時に、山上家の戸を叩く者が現れた。

ウメコが応対し、すぐに装二郎へ報告した。まりあも不審な物音で目を覚ます。何事かと思って客間のほうへ向かうと、男の声が聞こえた。

「ば、化け物に襲われたんです！」

化け物というのはあやかしのことだろう。以前まで帝都にあやかしが跋扈《ばっこ》していたのは、帖尾が操っていたからだ。彼が帝都警察に拘束されてからというもの、あやかしは悪さをしていなかったのに。

新しい脅威なのか？　とまりあは首を傾げる。おそらく装二郎はこのあと見回りに行くだろう。そう判断し、同行できるよう寝間着から動きやすい袴姿に着替えた。

コハルがきりりとした表情で申し出る。

「まりあ様、私も同行します」

「わかったわ。いらっしゃい」

「はい！」

コハルはまりあの肩に飛び乗って襟巻き状になる。首回りが一気にほかほかになった。春といえど夜は冷えるため、コハルの存在をありがたく思った。

清白はぐっすり眠っているようなので、声をかけずに寝室を出る。

客間から出てきた装二郎に、まりあは声をかけた。

「装二郎様、いかがなさいましたか？」

「夜道であやかしの襲撃を受けた人が、うちに助けを求めて来たんだ。今から見回りに行こうと思って」

「ご一緒します」

「ああ、頼むよ」

その返答を聞いてホッと胸を撫で下ろす。装二郎は本当に、まりあを『帝都国家機関・怪異保全局』の一員として認めているようだ。

すでに装二郎は被害者から話を聞いたらしく、あとはウメコに任せ、ふたりは夜の帝都に繰り出す。

装二郎は化け物を捜す振り子を取り出し、襲撃されたという現場辺りを歩き回った。

「う――ん」

振り子はぴくりとも動かない。もうすでにどこかへ行ってしまったのだろうか。

なんて思っていたまりあは突然、立ちくらみを覚え、顔を伏せる。目が燃えるように熱くなったかと思えば、脳裏にある映像が浮かび上がった。

それは――正体不明の六つの赤い目を持つあやかしが、帝都の路地裏でうごめく姿だった。

「――っ！」

「まりあ、どうかしたの？」

顔を上げたのと同時に、平屋の屋根に怪しい影をまりあは発見した。

「装二郎様、あちらになにかおります！」

まりあが声をあげると、それはすぐに逃げてしまう。装二郎は手にしていた吊り香炉に火を点す。もくもくと煙が漂ってきたところで、呪文を口にした。

「香の術――狼煙《のろし》」

煙が狼の形と化し、屋根の上に跳び乗る。まりあが目撃した怪しい影を追跡させた。

すでに狼の姿は見えないものの、吊り香炉と繋がっているので、どこに向かったかわかるらしい。

が、走ること五分ほどで、狼の追跡が途絶えてしまったようだ。

「やられたか！」

「装二郎様、こちらです」

先ほどまりあが〝視た〟のは、ここを真っ直ぐ行った先にある路地裏だった。

そこに、怪しくうごめく影がいた。

「ううううう――！」

大きさは馬車の車体くらいだろうか。蛙のようなずんぐりとした体に、六つの赤い目が怪しく光っている。

「があああああ！」

影は突然叫ぶのと同時に、口から黒い靄《もや》を吐き出す。すると、辺り一面真っ暗になり、なにも見えなくなった。

「くっ、こいつ！」

「私にお任せください！」

突然、コハルが声をあげる。まりあの肩から飛び下りると、その体を発光させた。日なたぼっこをしたことにより身に着けた、コハルの特殊能力であった。

辺りは明るく照らされ、靄が一気に晴れていく。

コハルの光は影の目を眩ましてくれたようだ。ここぞとばかりにまりあは懐から呪符を取り出し、影に向かって投げつけた。

「――巻き上がれ、下風《おろし》！」

呪符が散り散りとなり、竜巻に変化して影を襲う。

「ギャアアアアア！」

影は断末魔の叫びと共に倒れ、姿を消した。

「装二郎様、先ほどのあやかしはいったい――？」

「わからない。なんだかあやかしとは少しちがうような気がしたんだけれど……。振り子も反応しなかったし」

なんて口にしていたら、装二郎とまりあのもとにバタバタと人が走ってくる。

「ん？　君達は御上の側近の――？」

彼らはいったいなんの用事でやってきたのか。首を傾げていたら、驚くべき報告がなされた。

「私どもは侍従《じじゅう》でございます。今しがた退治されたのは、御上が所有する掛け軸に封じられていた化け物です」

「えー、なにそれー」

なんでも『帝都国家機関・怪異保全局』である装二郎とまりあの対応や戦闘能力を確認するために、御上があえて起こした騒動だったらしい。

あやかしを捜し当てる振り子が反応しなかった理由は、御上が使役した化け物だったからだろう。ちなみに先ほど山上家に駆け込んできた被害者も役者だという。

「御上にやられたってことか」

すばらしい立ち回りは、御上に報告すると言う。

装二郎とまりあは顔を見あわせ、肩をすくめたのだった。

御上の側近と別れ、帰宅する。

ウメコにも御上が起こした事件だったと告げると、目を丸くして驚いていた。

「あーあ、大変な事件だったなー。もう眠れないかも」

「でしたら装二郎様、わたくしのお話を聞いていただけますか？」

「うん、なに？」

ウメコが用意してくれた白湯を囲み、まりあは装二郎に報告する。

「先ほど、わたくしの魔眼の能力が発現したのですが――」

以前、現れたまりあの魔眼の能力は、あやかしに貼りついた悪影響を及ぼす呪符を見抜くというものだった。

「今回は予知といいますか、化け物の姿と逃げた先の映像が脳内に浮かんだのです」

「なるほど」

魔眼が突然変化したのか、と思っていたものの、装二郎はそうではないと言いきる。

「まりあの魔眼は、〝千里眼〟の能力もあったんだと思う」

千里眼というのは遠く離れた土地で起こっている出来事や、これからやってくる未来を視る力のことだ。

「それらの能力をひっくるめて、魔眼なんだよ」

「でしたら、状況に応じて、さまざまな力を発揮できる、ということですの？」

「うん、そうだと思う。なにかきついとか苦しいとか、体に変化はない？」

「いいえ、まったく」

「そう、よかった」

無理はしないようにと言われ、まりあは頷く。

なにはともあれ、事件は解決した。まりあは胸を撫で下ろしたのだった。


ここ最近、帝都は実に平和だった。

怪異保全局が発足し御上が画策した事件を解決してから早くも一週間経ったが、任務を知らせる密使は訪れない。

これまでの諸悪の根源はすべて帖尾家の暗躍だった。この先もずっと、あやかしが絡んだ事件なんて起きないのではないか――なんてまりあは考えていた。

突然、密使が屋敷を訪問してくるまでは。

庭の桜の花が風に乗ってはらりはらりと散るような昼下がりに、密使の訪問がコハルより告げられる。

「まりあ様！　その、密使様らしきお方が、縁側のほうに来ておられます」

「まあ！」

すぐに、装二郎を呼んでくるように命じた。まりあは清白を腕に巻きつけ、縁側へと急ぐ。密使は先触れもなくやってくるようだ。心の準備なんてしている暇はないというわけである。

まりあが縁側へとやってきたものの、人の姿はなかった。代わりにいたのは、竹筒を咥えた白い犬である。

「こ、これは――」

白い犬はまりあを見上げ、尻尾を振っていた。よくよく確認したら首輪に御上の家紋が刻まれている。これを見てコハルは密使だと思ったのだろう。

白い犬が縁側に足をかけそうになった瞬間、まりあの腕に巻きついていた清白が声をあげた。

「お座り」

突然の命令に、白い犬はびっくりして後退する。

清白がもう一度、「お座りして」と言うと、ちょこんと座り込んだ。

「賢い――！　ではなくて！」

どこからどう見ても、ただの犬であった。戸惑う彼女のもとに、装二郎が駆けつけてきた。

「まりあ！　密使がやってきたって話だけれど」

「え、ええ。こ、こちらに」

まりあが白い犬に視線を向けると、装二郎はギョッとする。

「こ、これが、密使なの？」

「おそらくですが」

装二郎が白い犬に手を差し伸べると、竹筒を渡してくれた。竹筒には蓋があり、開くと中に丸めた紙が入っている。

白い犬はハッハッハッと、荒い息を整えているように見えたため、コハルに水を用意するように命じた。それにしても、この白い犬は本当に密使なのか。まりあは腕を組みつつ、犬を観察する。

「まりあ、これは御上からの正式な勅命だ」

「でしたら、この犬は正真正銘の密使、ということですのね」

「そうみたい」

コハルが運んできた水を勢いよく飲んでいる犬は、まちがいなく密使だったのだ。

装二郎が竹筒を返すと、白い犬は口で受け取り、そのまま去っていった。

清白が「じゃあね」と声をかけると、振り返って「わん！」と鳴いた。

まるで言葉が通じあっているようなやりとりであった。

「それにしても、まさか密使が犬だったなんて」

「想像の斜め上でしたわ」

縁側に腰かけ、装二郎は白い犬が運んできた御上の勅命に目を通す。

「これは――!?」

いったいなにが書かれていたというのか。まりあは装二郎が教えてくれるのをじっと待つ。装二郎は深いため息を落としたのちに、勅命について説明しはじめた。

「ここ最近、不可解な事件が立て続けに起こっているらしい」

勅命には謎のあやかしに襲われた女性が呪いを受け、気がふれるような状態で亡くなるという残虐極まりない事件が起きているとあった。

「初めは殺人事件だと想定して捜査を進めていたとか」

けれども、被害者は皆、同じような症状で儚くなっている。人為的に起こせるものではないと判断され、怪異保全局で扱う事件として回されたようだ。

「襲われたのは全員、華族の年若い女性だ。襲撃を受けたあと、だんだんと正気を失っていくようなんだ」

遺体を調べた医者は、死因不明の突然死としか言いようがない、という診断を下したと調書には書かれている。

不気味な事件に、まりあの背筋はぞっと冷え込む。全身に鳥肌が立ち、腕を摩って落ち着くように努めた。

そんなまりあを見て、装二郎は自らの羽織を肩にかけてくれた。彼の優しさを受け、恐怖心が和らいでいく。

「装二郎様、ありがとうございます」

「いえいえ。そんなことよりも、ここからが本題なんだ」

装二郎は深刻そうな表情を浮かべ、話しはじめる。

「この事件は山上家の者の仕業ではないのか、っていう話が浮上しているらしい」

「なっ――!?」

どうしてそのような疑いがかかったのか。まりあが聞き出す前に、装二郎は推測を口にした。

「うちの家はもともとあやかしのお頭って言われているのは知っているよね？　たぶんだけれどその影響で、今回も解明できない事件は山上家の仕業にちがいないって囁かれているのかも」

御上はそんなはずはないとわかっているようだが、山上家の仕業ではないという証拠がないので庇いようがない。

そのため、自分達で調査し無罪を証明するように、と書かれていたようだ。

「今回の事件も、御上が先日起こした騒動みたいに、誰かが人為的に起こしたものではありませんの？」

「うーん、どうだろう。調べてみないと、わからないよね」

山上家のせいにするなんて絶対に許せない。まりあは怒りをふつふつと沸き上がらせる。一方で装二郎は深いため息をつき、どうしてこうなってしまったのかと呟く。

「山上家ほど国のために尽くしてきた家はないというのに」

御上の覚えがめでたいというのに、いまだに周囲の者達は山上家を訝しんでいる。

その原因について、まりあははっきり述べた。

「それは、山上家の方々が夜会に参加せず、華族同士の付き合いをほとんどしないからだと思われます。見知らぬ一族に対する社交界の声は、厳しいものですから」

まりあの意見を聞いた装二郎は、目を丸くする。なにかおかしなことを言ってしまったのか、とまりあは不安になった。

「そうだ！」

「え？」

「まりあ、それだよ!!」

装二郎はまりあの肩をがしっと摑み、キラキラした瞳で訴える。

「夜会に参加して、これまでしていなかった社交界のお付き合いとやらをすれば、山上家に対する誤解が解けるんだろう？」

「え、ええ、まあ」

「だったら、行こう！」

被害者が年若い華族女性ならば、会場で情報収集もできるだろう。

今週末に孔雀宮《くじゃくきゅう》で行われる夜会の招待状が届いていたことを、まりあはふと思い出す。そこで、調査を兼ねて社交をすればいいのだ。

「参加するのはかまわないのですが、一点、気になることがございまして」

「なに？」

「次回開催される夜会は、舞踏会なんです」

「武闘会？」

装二郎が拳を握ったので、まりあはすぐにちがう風景を想像していると気づいた。

「戦うほうの武闘ではなく、踊るほうの舞踏です」

「ああ、なるほど！」

舞踏会というのは舞踊で社交を行うことを目的に開催される集まりだ。

そこでの服装規定は、洋装と決まっている。

「装二郎様、異国の洋装はお持ちでしょうか？」

「持ってもいなければ、着たこともない」

「でしょうね」

近年、舞踏会でない夜会も、ほとんどの人が宮廷服と呼ばれる異国風の洋装をまとって参加している。

一方で、まりあが初めて装二郎と夜会で出会ったとき、彼は和装だったのだ。

「夜会で初めてお会いしたときのような恰好をしていたら、悪目立ちしてしまいます」

「そうだったんだ。僕が山上家の者だから冷たい視線で見られていると思っていたんだけれど」

「それも理由のひとつかもしれませんが……。なにはともあれ、時と場所、機会に合った服装は大事なのです！」

まずは、夜会に着ていく異国風の洋装を購入しなければならないだろう。

「まりあはドレスを持っているの？」

「両親やアンナが婚礼用にと仕立ててくれたドレスはございますが――」

ただ、あれは襟が詰まったもので、夜会の服装規定から外れる。それに、花嫁姿で夜会に行くのもちがう。

「夜会では襟がない、胸元が開いたドレスを着るのがお約束なのです」

「む、胸元が開く!?」

装二郎の視線が自然と、まりあの胸元のほうへと下りていく。すぐさま左右の頰を摘まみ、ぐっと前を向かせた。

「痛《ひた》い」

「変なところに視線を向けるので、つい。……明日、百貨店に行ってみましょう」

「そうだね。それにしても、舞踏会かー」

なにか引っかかったのか、装二郎は真顔になる。

「あれ、舞踏会って、もしかしなくても踊らなければいけないの？」

「まあ、そうですわね」

「まりあ、僕、踊れないんだけれど」

そうだろうな、とまりあは思っていた。

「ご心配なさらず。わたくしが手取り足取り指南しますので」

女学校では背が高い生徒が男性側のパートを覚え、練習をしていた。まりあは男役を任されていたので、教えることもできる。

「踊りなんてこれまで縁がなかったんだけれど、大丈夫かな？」

「装二郎様、最初からうまく踊れる人なんておりませんので、努力あるのみですわ」

「うっ……頑張ります」

事件解決のため、そして山上家の名誉挽回のため、装二郎とまりあは新しい一歩を踏み出すこととなった。

翌日より、装二郎とまりあの舞踊稽古が始まった。

手と手を取りあい、息を合わせて踊らなければならないのだが――苦戦していた。

「うわっ！」

まりあが一歩足を踏み込んだところに、なぜか装二郎も移動し、足を踏みにいくという不可解な動きを見せているのだ。

「まりあ、踊りなんて無理だよ」

「そんなことありません。何事においても、練習あるのみです！」

まりあは装二郎を叱咤激励しつつ、稽古に励んだのだった。

今日、まりあは久しぶりに、装二郎とふたりで出かける。

洋装を買いにいくので、女袴《スカート》でも穿こうか。一週間ほど前に、母が贈ってくれたものが数着あるのだ。簞笥《たんす》の前で頭を悩ませたものの、装二郎は和装なので、ちぐはぐな印象になってしまう。洋装は諦め、コハルと共に着物を選んだのだった。

さすがの装二郎も、百貨店へはいつもの着流し姿ではいけないと思ったのか、長着に袴を合わせた姿でやってきた。寝癖でぼさぼさなことが多い髪も、櫛を通し整えられている。背筋をピンと伸ばし、佇む姿は美しい。

まりあはきちんとした身なりの夫を前に見とれてしまった。

「さて、まりあ、行こうか」

「ええ」

馬車に乗り、目指す先は決まっていた。

帝都の中心街にそびえる、白亜のレンガを積み上げ、漆黒の切石《きりいし》と隅石《すみいし》で縁取るように組んだ美しい建物——百貨店。

開業から四年もの月日が経ち、その存在は多くの人々に受け入れられつつある。

以前、まりあは百貨店にウメコとコハルを連れてきたことがあったが、装二郎とやってくるのは初めてである。

なんでも装二郎は、百貨店に足を踏み入れること自体初めてらしい。

「いやはや、こうして近くで見ると圧倒されるねえ」

「ええ、本当に」

人の出入りは以前よりもずっと増えたように思える。

「洋装の人もずいぶん見かけるようになったねえ」

「最近、とくに流行っているようです」

道行く女学生は袴に異国風の編み上げ長靴を合わせ、楽しそうに闊歩している。まりあが女学校に通っていた頃にはなかった光景であった。

「洋袴《ズボン》なんて穿いたことないから、似合うかどきどきするな」

「装二郎様、大丈夫ですわ。装二郎様は顔だけは整っておりますので、きっと着こなせるでしょう」

そんな言葉を受け、装二郎は気になった点を指摘する。

「まりあ、今、〝顔だけは整っている〟って言わなかった？」

「言いましたか？」

「言ったよ、酷いな。顔以外の性格とか、生活習慣もきっちり整っている自信があるのに！」

「はいはい」

まりあとの会話で装二郎の緊張は解れたらしい。やっとのことで、百貨店への一歩を踏み出す。

店内には新しく取り入れられた自動階段と自動昇降機が設置されているようだが、物珍しさから長蛇の列ができていた。

「まりあ、自動で二階まで上がれるんだって。気になる？」

「ええ。ですが、本日は手早く買い物をしたいので。その、装二郎様は興味などおありですか？」

「いや、なんか怖くない？」

山上家では自動車でさえ取り入れていない。移動は馬車だ。未知の発明品に対し、恐怖を抱くのはまりあも理解できる。

「まずは、装二郎様の服を選びましょう」

「わかった」

紳士服は二階だ。自動階段や自動昇降機は使わずに螺旋階段を上がり、売り場を目指す。

以前、百貨店に来たときは、反物売り場は広く確保されていた。けれども今は半分ほどに減り、代わりに洋装売り場が増えている。

売り場で迷子になりながらも、紳士用の洋装売り場に行き着いた。

視線を服に向けただけで、店員がやってくる。

「いらっしゃいませ。ようこそおいでくださいました！」

「あ――どうも」

装二郎は丁寧に挨拶を返す。

普段、彼は店で買い物をしないので、突然見知らぬ店員に話しかけられ、驚いている様子を見せていた。それも無理はない。華族の買い物は、訪問販売が基本だから。

「お客様、なにをお探しでしょうか？」

「夜会に着ていく礼装を買いにきたんだけれど」

「さようでございましたか。どうぞこちらへ！」

装二郎はまりあを振り返り、不安げな表情を見せている。大丈夫だと背中を押し、まりあもあとに続いた。

「夜会といえば、こちらの『スワローテールド・コート』ですね！」

店員は自慢げな様子で、売り場に展示してあった服を紹介する。

スワローテールド・コート――帝都では『燕尾服』と呼ばれる夜会用の第一礼装だ。

思いのほか流暢《りゅうちょう》な異国語にまりあが驚いていたら、店員自ら買いつけに行っていることを知らされた。

「旦那様は上背がありますので、異国人用に仕立てた一式を着こなせるでしょう」

一般的に異国人は上背があり、腰の位置も高い。そのため華族の者達とは寸法が合わないらしい。が、装二郎は背が高いので、裾上げなどせずとも着ることができるという。

「試着される前に、股下を測らせていただきますね！」

店員はどこからともなく巻き尺を取り出し、しゃがみ込んで装二郎の採寸を始めた。

ここでも、装二郎は不安げな表情を見せる。これまで体に合っていない着物を適当に着ていたので、こういったものにも慣れていないのだろう。

まりあは頑張れ、と心の中で応援することしかできなかった。

「はい！　では、在庫を見てまいりますので、しばしお待ちください」

店員の姿がなくなると、装二郎は盛大なため息をつく。

「はー、緊張した。服を買うのって、大変なんだね」

「これまではどうされていたのですか？」

「装一郎と同じ物を、って頼んでた。でも、装一郎は体を鍛えていて、全身ムキムキだから、ぜんぜん合ってなかったんだよね」

　初めて夜会で装二郎と出会ったとき、着物を着ていたものの、どこか七五三みたいな〝着せられている感〟があったのをまりあは思い出す。装一郎を採寸した情報をもとに仕立てられた着物だったので、装二郎に完璧に合った物ではなかったのだ。

「なぜ、きちんと測って買わなかったのですか？」

「だって、僕は予備だったし、見目を気にしたって、誰も見てくれないと思っていたから」

「あ――！」

　それは予備だった装二郎がなにもかも諦め、なげやりに生きていた時代の話である。これまで服に無頓着だったのも、彼が予備だったことに起因していた。

　装二郎がこうして一緒に出かけ服を選んでいるというのは、彼の心に変化があったのだ。

「でも今は、まりあが見てくれるから、しっかり服装や見目にも気をつけなければいけないなって、思っているんだよ」

「装二郎様……」

まりあの胸がじんと温かくなる。装二郎はまりあと出会って、変わろうと努力している。どこかぼんやりしていて、自分がないように感じていたが、彼は脱却しようとしていたのだ。

「夜会の服って、えーっと、すわろー……、なんだっけ？」

「スワローテールド・コート、燕尾服ですわ」

上着の背面の形状が燕の翼のようになっているため、そう呼ばれるようになった。以前、父が言っていた話をまりあは思い出しつつ説明する。

「その燕尾服以外にも、いろいろあるんだね」

「少し見てみますか？」

「うん」

隣に展示されているのは、スワローテールド・コートをすっきりさせた印象の礼装である。

「こちらは『タキシード』といいまして、略式の夜会用礼装ですわ」

「燕尾服と、どこがちがうの？」

「上着が燕尾服よりも長く、逆に背面は燕尾がなく、すっきりしているようです」

「あ、本当だ」

タキシードは格式張った夜会には着ていかず、会食や宴席、また喫煙室で着用する服として使われている。

「喫煙室は紳士の社交場とも言われておりますからね」

「煙草、苦手なんだよねえ」

「そうだろうな、と思っておりました」

装二郎は普段から香を扱っており、嗅覚が優れているのだろう。

話をしながら周囲に目を向けると、ほかにも、いくつか紳士用の洋装が展示されている。

「あちらの丈が長い服は、『フロックコート』といいまして、昼間に着る服ですわ」

「これは、あまり見かけないね」

「ええ。異国だと、貴族の紳士が着ているようなのですが」

ほかにもさまざまな形状の外套が売り場にところ狭しと並んでいる。

帽子や靴、洋杖《ステッキ》など、小物の取り揃えも豊富だった。

「父の時代は、こういった異国の品々を集めるのは大変だった、などと話しておりました」

まりあの母の伝手《つて》を使い、個人で輸入していた、なんて話も思い出す。

「百貨店で購入できるのは、ありがたいことなんだ」

「そうですわね」

そう話しているうちに、店員が戻ってきた。

「お待たせしました。こちらを試着していただきたいのですが」

「わかった」

採寸しているときとは異なり、装二郎が積極的な様子を見せている。そのため、店員は安堵の表情を浮かべた。

売り場に取り残されたまりあは、ふと、ある物を発見した。それは、燕尾服の襟を飾る小さな胸飾り《ラペルピン》であった。

狼を意匠にした銀細工で、瞳には小さなダイヤモンドの粒が塡め込まれている。

装二郎が使う香の術、狼煙の狼にそっくりだった。

もうひとり店員がやってきたので、まりあは手招きする。

「こちらの品をいただけるかしら」

「かしこまりました。贈り物でしょうか?」

「ええ」

「では、お包みしますね」

装二郎はこれまで、さまざまな品をまりあへ贈った。なにか返したいと思っていたところだった。

包装された胸飾りを鞄の中へ忍ばせたのと同時に、装二郎が戻ってくる。

店員が自慢するように、声をかけてきた。

「旦那様をご覧ください！　驚くほどお似合いです」

装二郎は少し照れた様子でまりあの前に立つ。

店員は邪魔しないようにと思ったのか、下がっていった。

他人の目がなくなったので、まりあはまじまじと装二郎を見つめる。

優美な線を描く燕尾服を、装二郎は美しく着こなしていた。着物姿とは異なり、きりりとしていて引き締まっている。

上背があるので似合いそうだな、とは思っていたものの、まりあの想像以上だった。

「装二郎様、とてもすてきです！　お似合いですわ」

「そ、そう？　よかった」

異国人用に仕立てていた一着のようだが、生地に余りはなく、寸法もぴったりだった。装二郎のために仕立てられたような燕尾服である。

「まさかこんなに燕尾服を着こなすなんて、驚きました」

「まりあが絶賛してくれるんだったら、初めて会ったときも燕尾服姿だったらよかったな。ひと目惚れされていたかも」

「それはないかと」

まりあは即答する。あまりにも完璧な貴公子だったら、逆に警戒心を強めていただろう。

「わたくしは装二郎様のどこか抜けている様子を見て、結婚話に乗っても大丈夫かも、と思ったので。出会ったのがお義兄様で追いかけられたら、ドレスの裾を破ってでも逃げていたかもしれません」

「あはは！　それ、面白いね」

通常であれば、たとえ話だとしてもはしたないと眉を顰めるような場面である。それでも、装二郎はまりあを否定せず、今のように笑ってくれるのだ。

会話しながらもまりあは燕尾服に不備がないか目で見て、手で触れて確認していく。

「問題ないようですわね」

「じゃあ、これにするよ」

念のため、型が異なる物を三着購入するという。店員は手揉みしながら、満面の笑みで嬉しそうに頷いた。

「ありがとうございました!!」

深々と頭を下げる店員と別れ、続いて、まりあのドレスを買いに婦人服売り場を目指した。

「装二郎様、お疲れになったでしょう?」

「いや、大丈夫だよ。まりあは?」

「わたくしも平気です」

装二郎と話をしつつ行き着いたドレス売り場は、華やかのひと言であった。

「いやはや、女性物の売り場は華やかだねえ」

「こういった場所も初めてですか？」

「そうなんだ。まりあに贈っていた品は、いつもウメコにいい感じの物を頼む、って言っているだけだったし」

社交や仕事で忙しい上流階級の男性のほとんどは、自ら贈り物を選ばない。まりあの父親もそうだった。そのため、装二郎がこういった場を訪れることが初めてでも、なんら不思議ではない。

売り場には先客が数名いて、皆、目を輝かせながらドレスを物色している。

「うわー、どれもまりあに似合いそうだ」

「ありがとうございます」

以前までは色や意匠の種類は少なかったものの、売り場が広がった影響か、目移りしそうなくらいさまざまな品が用意されていた。

装二郎は客の邪魔にならないところに立つ店員を横目で見ながら、まりあに耳打ちする。

「ここの店員さんは声をかけてこないんだね」

「女性の場合は突然話しかけると、逃げられるからでしょう」

困っている人にのみ接客をしているのだろう。まりあがそう説明すると、装二郎は納得したようだ。

「この辺りにあるのは、首元が詰まっているから、夜会用ではない？」

「いいえ、夜会用もございます」

生まれてからずっと着物を着て、露出は最低限で生きてきた貴婦人にとって、胸元が開いたドレスは抵抗がある。そんな事情により、詰め襟の夜会用ドレスも販売されているという。

「異国の方との外交をしない場合は、こちらでもいいのかもしれません」

「うーん、そうか。悩ましいな」

「どうして装二郎様が悩むのですか？」

「いや、まりあの胸元が開いたドレス姿を見たいけれど、ほかの人達には絶対に見せたくないという、二律背反に苦しんでいるんだ」

「しょうもないことで考え込んでいますのね」

まりあ個人としてはどちらでもかまわない。装二郎が知らないだけで、かつて社交場で胸元が開いたドレスをまとった経験もある。

さんざん迷った結果、装二郎は詰め襟のドレスのほうがいいと言った。

「嫁いできてくれた日のドレスが詰め襟で、とってもきれいだったから、もう一度見たいなって思って」

「あのドレスでしたら、いつでも着ますのに」

「そうだったんだ。言ってみればよかったな」

まりあの胸元を他人に見せたくない、というのも大きな理由らしい。そんなわけで、まりあのドレスは詰め襟になった意匠の中から選ぶことにする。

「ドレスもいっぱいあるね」

「ええ」

「全部同じに見えるんだけれど、ドレスにも格式があるの？」

「ええ、ございます」

そう言ってまりあはドレスの説明をしていく。

もっとも格式高いドレスは、大礼装《マント・ド・クール》と呼ばれるものである。胸元や背中が開いており、袖がなく、裳裾が長いのが特徴だ。頭には冠形髪飾り《ティアラ》を被り、手には扇を握る。

これが正式な恰好である。

「皇族の結婚式や皇族主催の夜会など、国の公式行事にふさわしいドレスですわ」

舞踏会に着ていくのには、仰々しいドレスだ。

「続いて、こちらにあるドレスは、中礼装《ローブ・デコルテ》といいます」

胸元が開き、袖がないドレスだ。裳裾は長くなく、大礼装と比べると動きやすい。

「舞踏会であれば、この中礼装がふさわしいでしょう」

洋装を着慣れていない華族女性のために、詰め襟の中礼装も種類豊富に用意されていた。

「それからちょっとした集まりに着用する、小礼装《ローブ・ミデコルテ》などもございます」

最後に、通常礼装《ローブ・モンタント》の登場である。

夜会用のドレスは無地が多かったが、通常礼装はさまざまな柄が並んでいる。

「こちらは昼用礼装でして、お茶会や園遊会など、日中の集まりに着用するドレスですわ」

「はー。ひと口にドレスと言っても、いろいろあるんだね」

「ええ、本当に」

次回、夫婦揃って参加する舞踏会は、国賓を招待し、もてなす目的で開催される。服装規定をきっちり守って挑んだほうが、参加者からの好感度も上がるだろう。

「だったら、胸元が開いたドレスのほうがいいんじゃないの？」

「国賓をもてなす外交官の妻ではないので、そこまでする必要はないかと」

「そっか。よかった」

説明が終わると、どのドレスがいいのかと真剣に物色しはじめる。まりあよりも装二郎のほうが、なぜだか気合いが入っていた。

「まりあはどんなドレスでも着こなせるんだろうけれど、とっておきの一着を着てもらいたいから――」

最終的に装二郎が「これがいい！」と決めたのは、勿忘草《わすれなぐさ》色に銀の蔦模様の刺繍が施された中礼装である。

「まりあ、どうかな？」

「ええ、すてきなドレスだと思います。これに決めました」

即決したので、装二郎は目を丸くする。

「まりあ、自分で選ばなくてもいいの？」

「装二郎様が選んだドレスで舞踏会に参加したく思っております」

「そっか。その、嬉しいよ」

無事、ドレスが決まった。

まりあがそっと目配せするだけで、先ほどの店員がやってくる。

「こちらのドレスをいただきたいのですが」

「ありがとうございます」

ウメコに測ってもらい、あらかじめ紙に書いて用意しておいた寸法を店員に手渡し、まりあに合うように微調整をお願いする。

そうして買い物を終えることができた。

「いやはや、初めて百貨店に来たけれど、品数に圧倒されるね」

「ええ、本当に」

上顧客の家にやってくる荷商いとは異なり、たくさんの品の中から気に入った物を選べるのが最大の利点だろう。

「妻のドレスを僕が選ぶっていうのも、なかなかいいものだね」

「舞踏会の日に袖を通すのが、とても楽しみです」

「僕も、ドレスをまとったまりあを見る瞬間が待ち遠しいよ」

燕尾服を着た装二郎は本当に恰好よかった。夜会に参加した女性陣の注目の的になるにちがいない。先ほど装二郎が言った、ほかの人に見られたくない、という気持ちを理解できてしまう。

「今度から、まりあに贈る品物は僕が選ぶね」

「もう、十分すぎるほどいただいております」

「まだまだだよ。それに、まりあに似合う物を吟味する楽しさを覚えちゃったから」

引きこもりだった装二郎が、外出するのは悪いことではない。彼の変化のためにも、大人しく貢がれておこうと心に決めたまりあだった。

百貨店を出ると、装二郎は解放されたと思ったのか、大きく伸びをした。

「まりあ、食事でもして帰ろうか」

「ええ」

洋装選びの集中力が切れると、体が空腹を訴えていたことに気づいたのだ。

装二郎が連れていってくれたのは、瀟洒《しょうしゃ》な雰囲気の洋風料理店である。店内は座敷ではなく、白い布がかけられた食卓席《テーブル》だった。エプロンドレス姿の女給《ウエイトレス》が、品目表と洋盃《コップ》に入った水を運んできてくれた。

「装二郎様はこういうお店によく来られていたのですか？」

「たまにね」

聞けば、あやかしを保護する任務を終えたあと、御上から呼び出しがかかることがあるらしい。

「解放されるのはいつもお昼頃で、空腹が限界を迎えたときに、ここに立ち寄っていたんだ」

品目表を開くと、異国から伝わった料理の数々が書かれていた。

洋風汁物《スープ》に、サンドウヰッチ、ハムエンドエッグス、ビフテキ、カツレツ、ミート・クロケット、ラヰスカレー、オムレット――。

「まりあはこういう料理、よく実家で食べていたんだよね？」

「ええ。父も好んでおりましたから」

「なにかお勧めはある？　僕、サンドウヰッチしか食べたことがなくて」

徹夜明けの睡眠不足状態では、こってりとした料理は体が受けつけなかったという。

「でしたら、ミート・クロケットなどはいかがでしょうか？」

ミート・クロケットは蒸《ふ》かしたじゃがいもにひき肉を混ぜて丸め、外側に砕いたパンをまぶして揚げた料理である。

まりあの両親の大好物で、月に一度は食卓に上がっていたのだ。

普段、山上家では揚げ物はめったに食べない上に、和食にはない食感や味わいを楽しめる。装二郎も気に入ってくれるだろうと思い、まりあは勧めた。

「わかった。じゃあ、ミート・クロケットにしようかな」

まりあも同じものを注文する。三十分後、料理が運ばれてきた。

「お待たせいたしました。ミート・クロケットになります」

真っ赤な液体調味料《ソース》がかけられており、衣はカラッと揚がっている。

「天ぷらみたいなものかな、って思っていたけれど、ちがうんだね」

「ええ。ぜひとも味わってみてください」

「いただきます」

装二郎は器用にナイフとフォークを操り、ミート・クロケットをひと口大に切り分けて頬張る。瞬間、カッと目を見開き、瞳がキラキラ輝いた。

「うわ、なにこれ！　おいしい！」

どうやら口に合ったようで、まりあはホッと胸を撫で下ろす。

「こんな料理、食べたことないんだけれど。外側はサクサクしていて、中はじゃがいもがほくほく。ひき肉が入っているからジューシー感もあって、とってもおいしい」

まりあもミート・クロケットをいただく。久しぶりに食べたからか、家族で味わった記憶が甦ってきた。

「まりあ、ここのミート・クロケットはどう？」

「おいしいです」

「そう、よかった」

装二郎は天ぷらや魚のすり身を揚げたもの以外、揚げ物を食べたことがないと言っていたので、心配だった。けれども、ミート・クロケットをたいそう気に入ったらしい。

「久我家では、茹でた卵やお米が入っていたり、かぼちゃでつくったりと、さまざまなクロケットが食卓に上がっていました」

「それも気になるかも」

「でしたら、実家に行ったときに頼んでみましょう」

り返った。

「楽しみにしてる」

しっかり腹を満たした状態で帰宅する。楽しい一日だったと、装二郎とまりあは振り返った。


ついに、夜会の晩を迎える。

ここ最近、梅雨に入って雨が続いていたが今日は晴れていた。せっかくのドレスを汚すかもしれない、と心配だったが、問題ないようでまりあは安堵している。

「さあさ、まりあ様、ドレスを着ましょうか」

「ええ、お願い」

まりあはウメコやコハルの手伝いを受けながら、身なりを整える。嫁いだとき以来のドレスだが、装二郎が選んでくれたドレスは体にしっくり馴染んでいた。

「まりあ様の美しさは、世界一です！　あ、これは嘘ではないですよ」

ウメコは満足げな様子で頷きつつ、着飾った姿を絶賛してくれる。

「ウメコ、ありがとう」

コハルはうっとり見上げ、清白はドレスに興味がないようで、まりあが脱いだ着物で暖を取っていた。各々、異なる反応を見せている。

「真冬だったら、コハルを襟巻きにして連れていけたのですが」

「今日はいい子でお留守番しておきます」

コハルや清白とは契約で結ばれているので、まりあが喚《よ》んだらすぐに駆けつけることができる。常に連れ歩く必要はないのだ。

「そろそろお時間ですね」

「ええ。ウメコ、コハル、清白、いってまいります」

「はい、いってらっしゃいませ」

「まりあ様、いってらっしゃい」

「いってらっしゃーい」

玄関に向かうと、すでに装二郎の姿があった。

百貨店で購入した燕尾服を着こなすだけでなく、髪も整髪剤できっちり整えていた。

「ああ、まりあ、世界一きれいだ」

「装二郎様も、すてきです」

どきどきしながら、差し出された手に指先を重ねる。

おとぎ話の姫君にでもなったような気分で、まりあは馬車へと乗り込んだのだった。

馬車に揺られる中、まりあは以前、百貨店で購入した胸飾りを装二郎へ差し出す。

「こちら、装二郎様に似合うのではと思って、ご用意しました」

「え!?　なんだろう」

包紙を剝ぎ、木箱に収められた胸飾りを手に取る。よく見えなかったようで、洋燈《ランプ》に照らして見ていた。

「これは、狼？」

「ええ。装二郎様が使う、香の術でつくった狼にそっくりだと思いまして」

「本当だ。いいね、恰好いい」

装二郎が掲げて見ていた胸飾りをまりあは手に取り、襟につけてあげた。

「うわ……。こんなすばらしい品を贈ってくれるなんて。まりあ、本当にありがとう」

「喜んでいただけて、なによりですわ」

まりあの贈り物大作戦は成功だった。

帝都を代表するような豪華絢爛な建物、孔雀宮には大勢の参加者が詰めかけていた。

装二郎とまりあは腕を組み、初めての舞踏会に挑む。

扉の前で、名前が高々と読み上げられた。

「山上公爵家より、装二郎様、まりあ様」

めったに参加しないからか、広間の注目が一気に集まる。久我家が没落したときのような、奇異の視線が向けられているのをまりあは感じた。

気まずい。けれども以前とはちがい、まりあはひとりではない。装二郎が一緒にいるのだ。前を見て堂々とし、嫌な言葉には耳を傾けない。そう、自らに言い聞かせる。装二郎は表情をきりりと引き締め、毅然としているように見えた。周囲の目や声など、気にも留めない、といった様子である。

頼もしい夫だと思いつつ、まりあは会場を歩いていく。

誰か顔見知りでもいたら声をかけるのだが、探しているときに限って見当たらない。ひとまず立ち止まってみたけれど、あやかしのお頭と囁かれている山上家の夫婦に近づこうとする人はいなかった。

どうしたものかと悩んでいるところに、楽団が音楽を奏ではじめる。

「まりあ、暇だから踊ってみる？」

「ええ。特訓の成果をみなさまにお見せしましょう」

注目が集まっている中で踊るのは、酷く緊張する。けれども装二郎と一緒ならば、うまくいくだろう。まりあはそう信じていた。

装二郎のダンスは練習を始めた頃はぎこちなく、本人も途方に暮れていた。けれども練習を重ねるうちにみるみる上達し、今では皆の前で踊っても問題ない水準にまで成長している。装二郎とまりあは手と手を取りあい、楽団の演奏に合わせて踊りはじめる。

思いのほか、ほかの参加者達は慣れていないようで、ぎこちない様子だった。そんな中で、夫婦は美しい踊りを見せる。

周囲の射貫くような視線が和らいでいくのをまりあは肌で感じた。

音楽が終わり、会釈をする。

そそくさと脇に避けたら、人々がわっと押しかけてきた。

最初に声をかけてきたのは、年若い夫婦である。

「ダンス、とてもすてきでしたわ！」

「私達もあんなふうに踊れたらいいのですが」

夫婦で特訓していたと答えると、自分達は練習不足なんだ、と笑ってくれた。

年若い夫婦と別れてからも、次々と話しかけられる。

あっという間に二時間が経ち、最後に現れたのはまりあの女学校時代の親友である小林《こばやし》花乃香《かのこ》とその夫、榮太《えいた》だった。

「まりあ様！　お久しぶりです」

「花乃香様も、お元気そうで」

まりあと花乃香は手を握りあい、再会を喜ぶ。

「山上様も、ご無沙汰しております」

「どうも」

榮太は花乃香の影のように付き添っているが、装二郎が視線を向けるとぺこりと会釈した。

「今日は踊ったのですか？」

「ええ、一応」

「まりあ様の旦那様が羨ましいです」

女学生時代、花乃香はまりあと踊るのが大好きだったという。いつかまた一緒に踊ろうと約束してから、早くも一年以上経とうとしていた。

踊ろうにも楽団はすでに退出している上に、女同士で踊ったら目立ってしまう。がっかりする花乃香に、また今度、とまりあは声をかけたのだった。

「榮太様、これから喫煙室に行かれるのでしょう？　山上様とご一緒したらいかが？」

装二郎は煙草を吸わない――と言いかけたものの、喫煙室は紳士の社交場である。なにか事件の情報を得られるかもしれない。まりあは本来の目的を思い出す。

「装二郎様、喫煙室は大丈夫ですの？」

返事をする代わりに、装二郎は懐から煙草を取り出す。

もしや、夜会に合わせて用意していたのか、と思いきや、よくよく見たら煙草ではない。キャラメルの箱であった。

「キャラメルでも舐めておくよ」

装二郎は榮太と挨拶を交わし、背中をぽんぽん叩きながら去っていった。

「では、まりあ様、私達は喫茶室に行きましょう」

「ええ」

舞踏会のあと、男女に分かれて社交を行う。男性は喫煙室、女性は喫茶室と決まっているのだ。

喫茶室へ歩いている途中に、人だかりを発見する。いったい何事かと目を凝らすと、ひとりの男性を大勢の女性が取り囲んでいるようだ。

「まあ、どなたですの？」

「あれは――ああ、国賓のおひとりかと」

とても背が高く、女性陣の輪の中で目立っていた。

銀色の髪は本物の銀のような輝きを放ち、切れ長の瞳は赤く、神秘的だ。血管が透けそうなほど白い肌は、帝都中の女性がどれだけ努力をしても手に入らないものだろう。

その美貌は、遠目からでもよくわかった。

彼の姿に霞がかかっているように見えてしまうのは、白い肌が灯りに照らされているからだろうか。まりあは思わず目を擦って、彼の様子を確認する。

「まりあ様、どうかなさいましたか？」

「いえ、少し目がぼうっとしてしまって」

ぱち、ぱちと瞬きを繰り返すと、その姿がはっきり見えた。

久しぶりの夜会で疲れてしまったのだろう。まりあは最後までしっかりしなければ、と自らを鼓舞する。

「それにしても、銀色の髪なんて、初めて見ましたわ」

「瞳は赤、ですね」

なんでも、社交界で噂になっている男性らしい。

「ここ最近、流行っている恋愛小説の表紙に描かれた男性にそっくりらしく、あのように注目を集めているそうです」

「たしかに、物語の中から飛び出してきたような雰囲気がありますわね」

年頃は二十代半ばくらいだろうか。この会場にいる誰よりも、燕尾服を着こなしているように見えた。

自分には縁のない人物だ、と思いつつそばを通り抜けた瞬間、男性の視線がまりあに向いた。奇しくも、目と目が合う。真っ赤な目に捉えられた瞬間、まりあの背筋にぞくっと悪寒が走った。

足早に通り抜け、廊下に出ると壁に手をつく。

「まりあ様、どうかなさったのですか？」

「いえ、少し目眩がしただけですわ」

おそらく赤い瞳に圧倒されたのだろう。もしくは、まりあの持つ魔眼のような不思議な力でもあるのか。よくわからない。

「少し休んだほうがよろしいかと」

「いえ、平気ですわ」

一度医務室に行かないか、という花乃香の提案に首を横に振る。花乃香は酷く心配しているようだが、事件を解決するためには、喫茶室での情報収集が必要だ。

花乃香に支えられつつ、喫茶室に辿り着く。そこではすでに華族の女性達が集まって談笑していた。

足を一歩踏み入れた瞬間、すぐに声がかかる。

「あら、花乃香さんではありませんか」

「まあ、お久しぶりです」

「一緒にいるのは、まりあ様ね？」

「あ――」

まりあににっこりと微笑みかけたのは、半年前に降嫁した元皇族、神田《かんだ》従子《よりこ》だった。

女学生時代の先輩で、まりあと花乃香はよく気にかけてもらっていたのだ。

「従子様、ご無沙汰しております」

「ええ、本当に」

従子に誘われ、華族女性がたくさん集まる席で茶を飲むこととなった。

話題の中心は、先ほど会場で見かけた国賓の男性について。異国の貴族で、名前はウィリアム・バーティーンというらしい。

先ほど従子が言葉を交わしたようで、皆、頬を赤く染めながら話を聞いていた。

「とてもすてきなお方でした。なんでも、しばらく帝都にいらっしゃるとのことで」

資産家でもある彼は、帝都に残って駐在大使を務めるのではないか、という噂話も流れているのだという。

「噂話が本当かどうかは存じ上げないのだけれど、みなさんと仲良くしたい、とおっしゃっていました」

女性は皆、うっとりとした表情を浮かべ、お近づきになりたいと口にする。

まりあは彼がどういう意味で仲良くなりたいと言ったのか、疑問に思ってしまう。

異国でも、上流階級の者が婚約者以外の女性と親密な仲になるのは禁忌とされている。それなのに、なにを考えているのか。

途端に、ウィリアムの印象が神秘的なものから、軽薄なものへと変わっていった。

ふと、柱時計に目がいったまりあは、ここにやってきてから一時間も噂話に耳を傾けていたことに気づく。

このままでは、なんの情報も得られずに終わってしまう。それだけは避けたいものの、従子がいる以上、自分から話題を変えるわけにはいかない。

どうしたものか、と考えていたら、令嬢達がやってくる。

にっこりと微笑みかけたのは、結い上げた黒髪が美しい少女だ。

「従子様、こちらに座ってもよろしいでしょうか？」

「ええ、どうぞ。あなたはたしか、西園寺《さいおんじ》家の……？」

「美代子《みよこ》ですわ」

西園寺美代子――まりあより三つ年下の、年頃は十七歳だったか。実家は国内でも五指に入るほどの資産家で、歴史ある侯爵家のご令嬢である。たしか、父親である西園寺侯爵は外交長官だ。

しばし美代子は従子と楽しそうに話していたが、会話が途切れた隙に、新しい話題を振った。

「そういえば、ここ最近、帝都を騒がせている、華族女性が被害に遭っている事件について、みなさんご存じ？」

美代子の発言を聞いた瞬間、まりあは心の中で拳を握る。まさか、彼女が話を振ってくれるとは夢にも思っていなかった。

この場に元皇族の従子がいるので、ほかの令嬢が話題を出すのは礼儀に反している。けれども、まりあは美代子に感謝した。

従子は事件について把握していたようだが、この場にそぐわない話題だと思っているようで、曖昧な反応を示している。

従子の微妙な態度に気づいていない令嬢のひとりが、話を広げる。

なんでもあまり表沙汰になっていないが、茶会などで噂になっているらしい。

「何者かに襲われ、正気を失いつつ死んでしまうなんて、恐ろしいですわ」

「本当に。奇声をあげて自傷もしてしまうと聞きましたわ」

美代子は手にしていた扇をパチンと畳み、皆に問いかける。

「犯人はいったい誰だと思います？」

場がしーんと静まり返る。美代子は花乃香のほうを向き、話しかけた。

「小林様の旦那様は軍人だというお話を耳にした覚えがあるのですが、なにか聞いているのでは？」

花乃香はここで話を振られると思っていなかったのだろう。一瞬、目を見開いたが、すぐに言葉を返す。

「いいえ、なにも」

「旦那様とそういったお話になりませんの？」

「仕事に関しては守秘義務があるでしょうから夫は喋りませんし、私も気にしたことすらありません」

美代子と花乃香のやりとりを聞いたまりあは、瞬時に気づく。美代子は今、事件について探りを入れているのだと。

花乃香から情報を聞き出すのを諦めた美代子は、今度はまりあのほうを見る。

獲物を前にした猟師のような鋭い目でこちらを見つめていた。

「あなたはたしか山上家に嫁いだ、まりあ様、ね」

「ええ、はじめまして。山上まりあと申します」

周囲の令嬢達が、山上、あの山上家だと口々に言う。

美代子の取り巻きをしている令嬢のひとりが、震える声で話しはじめる。

「わ、私は、犯人は鬼ではないか、と考えているのです」

鬼――それはかつて、最強のあやかしと囁かれていた存在。

しかし、鬼というあやかしはこの世に存在しない。人がつくった架空の存在だというのが現在の定説である。

その一方、千年前には鬼は当たり前のようにはびこっており、強力な力を持つ陰陽師が京の都で封じた、という伝承も残っているようだ。

美代子はその話に興味を持ったようで、どうしてそう思ったのか、と話を広げる。

「ち、父が、鬼の仕業だっていう噂話を耳にした、と話しておりまして」

「でも、鬼はずいぶん昔に退治されたんでしょう？」

「え、ええ。ですが、鬼は倒せる存在ではなく、封じられているだけだ、という話もあったようで」

美代子のもうひとりの取り巻きがなにかに気づいたのか、ハッとなる。そして、すぐに発言した。

「鬼の封印を解き、意のままに操る者がいるのではないか、という噂を耳にしたことがございます！」

「まあ！　鬼を意のままに扱うなんて。よほど、鬼に精通した人達でないと難しいわよね？」

彼女がなにを言いたいのか、まりあはだんだんと理解する。

山上家の者達が鬼を操り、今回の事件を起こしたのだと推測しているのだ。こういった噂話がいつも勝手に歩き回り、山上家の者が否定する場もなかったので、山上家が犯人だと皆が皆、いつも決めつけてきたのだろう。

まりあは呆れた気分で話を聞いていた。

美代子は笑みを深めるのと同時に、バッと音を立てて扇を広げ口元を隠した。

「まりあ様は今回の事件について、どう考えているの？」

やはりそういう質問がきたか、とまりあは内心思う。

ここで返答をまちがったら、山上家の者達に対する風評はさらに酷くなるだろう。

まりあは堂々とした態度で、美代子に言葉を返す。

「わたくしも、みなさまと同じように恐ろしいと思っていますわ」

「まあ！　あやかしのお頭と囁かれる山上家に嫁いだまりあ様でも、恐ろしいことがあるのね」

美代子が勝ち誇ったように聞いてくる。

まりあを動揺させ、山上家の評判を地に落としたいのか。彼女の真なる目的はよくわからない。けれども、ここで負けるわけにはいかない、とまりあは強く思った。

「わたくしにとって、世の中は恐ろしいことばかりです。たとえば、根も葉もない噂をこういった場で明け透けにお話しするお方がいらっしゃることとか」

この話題は今、するのにふさわしくない、とまりあは一刀両断する。

美代子は返す言葉が浮かばなかったのか、顔を引きつらせていた。

ここで従子がすかさず「そろそろお開きにしましょう」と手を叩く。気まずい空気のまま、茶会は解散となった。

皆が散り散りになって帰る中、美代子はまりあのもとへずんずん接近する。

牽制しようと思ったのか、花乃香が前に出ようとしたのを、まりあは制する。真っ正面から、美代子と対峙した。

美代子はキッとまりあを睨み、物申す。

「私は山上家を疑っているから！」

取り巻きのふたりがこくこくと頷いている。まりあは平然と言い返した。

「どうぞご勝手に」

「悪事を暴いてやるわ」

そう宣言すると、美代子達は足早にいなくなる。

嵐が去ったと言えばいいのか。

花乃香はまりあを労るように、背中を優しく撫でてくれた。

従子もやってきて、まりあに声をかける。

「まりあ様、なんというか、大変な目に遭いましたね」

なんてことない、と首を横に振る。

女学校時代より、他人から反感を買うことに関して、まりあは慣れっこだった。あいう気性の激しい者はまりあを敵だと認識し、いつだって噛みついてくるものだ。

「なぜ彼女があのようにしつこく絡んできたのか、理由はよくわからないのですが」

「それは――」

「それは？」

「いいえ、なんでもありません」

なにか知っている、という空気を出したものの、従子は口を閉ざしてしまった。憶測でものを言うべきではない、とでも思っているのか。これ以上、追及するのも野暮だろう。まりあは一礼し、従子のもとから去った。

「花乃香様、今日はありがとうございました」

「いえ……。こういうことになるのならば、まりあ様とふたりでお茶をしていたほうがよかったですね」

しゅんとする花乃香の手を、まりあはぎゅっと握る。

「いいえ。今日は山上家に関する噂話が聞きたかったので、いい機会に恵まれました。お茶会は、今度ふたりっきりでしましょう」

「はい！」

最後に花乃香の表情が明るくなったので、まりあは安堵した。

客間で待っていると、装二郎や榮太が迎えにやってきて、舞踏会はお開きとなった。

馬車の中で、各々得た情報について話しあう。

「わたくしのほうは、華族令嬢を襲ったのは鬼で、その鬼を操っているのは山上家の者達なのではないか、いずれ悪事を暴いてやる、と面と向かって言われました」

「え、えげつない」

装二郎も似たような目に遭ったかと思いきや、そんなことはなかったという。

「自分のちょっとした発言が、相手の家への攻撃になってしまうとわかっているからだろうね」

社交場での会話は、自分自身だけの問題では済まず家をも巻き込む可能性がある。そのため、喫煙室では真っ向から非難してくる者はいなかったらしい。

「山上家は一見、華族社会に大きな影響を持たないような印象があるけれど、御上からの信頼は厚い。それを知っていたら公の場で非難なんてできないと思うんだよね」

「ええ」

ただ、美代子が考えもなしにまりあに意見したようには見えなかった。おそらくなにか理由があるのだろう。従子は知っているように思えたものの、相手は元皇族。気安く聞けるような間柄ではなかった。

「装二郎様はなにか情報を得られましたか？」

「うーん。あったにはあったのだけれど、まりあと似たり寄ったりの情報かな」

喫煙室では華族女性を襲ったのは『酒呑童子《しゆてんどうじ》』ではないのか、と話題になっていたという。

「酒呑童子というのは、たしか、帝都が遷都する前に京の都に現れた鬼では？」

「そうそう。千年も前に倒された、なんて伝承が残っている鬼なんだけれど」

酒呑童子は人の生き血を酒のように飲み干し、人の肉を肴とする残忍な鬼だという。実在していたかどうかは定かではない。おとぎ話のように現代にまで伝わっているのだ。

「なんでも、亡くなった華族令嬢の首筋には、噛まれて血を吸われたような痕があったらしい」

「夜な夜な女性ばかりを襲い、噛みついて血を吸う鬼――。たしかに、酒呑童子の伝承を知っていたら、疑ってしまうのも無理はないでしょうね」

ただ、もし酒呑童子の封印が解かれていたら血を吸う程度では済まないだろう。

「その場で殺すだけでなく、遺体は持ち去るような気がします」

「うん、そうなんだよ」

装二郎が聞いたところによると被害女性は帰宅し、日に日に正気を失いながら亡くなるという。酒呑童子に襲われたのならば、帰宅すら叶わないだろう。

情報の収穫はあったようでなかったような、雲を摑むような話だった。

「でもまあ、山上家の印象が今日、前よりはよくなった気がする。まりあが踊りの特訓をしてくれたおかげだね」

装二郎はまりあの手を握り、淡く微笑みながら「ありがとう」と言う。

「わたくしも、山上家の誤解が少し解けたようで嬉しく思います。ただ――」

この先も定期的に夜会に参加しないとすぐに評判は下がってしまうだろう。そう伝えると、装二郎は明らかに落胆した様子を見せる。

「夜会は装一郎が出てくれたらいいんだけれど」

ただ、装一郎は独身で同伴者がいない。

「藤《ふじ》は装一郎と行きたがるんだけれど、装一郎は藤が苦手みたいで」

「ああ、あのお義兄様に片想いしているという」

「そうそう」

藤というのは装二郎と装一郎の叔母の娘で、従妹《いとこ》にあたる。装一郎に片想いしているものの、本人からは煙たがられているという、なんとも切ない状況である。

「結婚相手は藤でいいじゃんって言うんだけれど、首を縦に振らないいんだよねえ」

「誰か、結婚相手を見繕わないのですか？」

「そういうのって、普通は親が本人の意思に関係なく決めるものなんだよね」

だが装二郎と装一郎の父親は死に、母親は出ていったっきり行方不明。装一郎が当主となった今、結婚を強引に進められる者はいないのだ。

「まったく、僕らは装一郎が結婚しないと本当の夫婦になれないというのに」

「お義兄様に、伴侶を迎える気はありますの？」

「人並みにはあると思うけれど、装一郎が考えていることはよくわからないや」

双子の兄弟でも、考えは天と地ほどもちがうらしい。装一郎とわかりあえた瞬間なんて、一度もないと装二郎は言う。

「お義兄様がどういう花嫁をお求めかも、ご存じではないの？」

「うーん。どうだろう。藤みたいに好意をぶつけてくるような依存体質の女性は苦手かもね」

「では、気位が高く、独立心があるような女性がいいのでしょうか？」

「たぶんね。でも、そういう女性《ひと》って、なかなかいない——いた！」

「どちらに？」

「今、目の前に」

装一郎が妻に求める理想は、おそらくまりあみたいな女性なのではないか、と装二郎は推測する。

「前にまりあについて報告したときも、結婚を嫌がるような素振りは見せなかったし」

装二郎がまりあを選んだ理由は、当主である装一郎と結婚させるためだった。予備である装二郎が亡くなったあと、真実を打ち明けることなく、まりあを装一郎の妻として召し上げるつもりだったのだ。その話を聞いたとき、信じがたい気持ちになった記憶が甦る。

装二郎が予備の役割から解放されてよかった、とまりあは改めて思った。

「装一郎もまりあのことを、気に入っていたと思うんだ」

「それは、装二郎様が予備としての役割を果たし、見つけてきた結婚相手だから、拒否しなかったのでは？」

「いやいや、ありえないよ。いくら予備である僕が選んだとはいえ、気に入らない相手だったら拒否していたと思うし」

装二郎は頭を抱え、「まりあみたいな女性が、そんじょそこらにいるわけないじゃん！」と絶望したように叫ぶ。

「わたくし達が結婚相手を探してほしいと頼んでも、応じるとは思えませんので、候補となる女性をこちらで見繕うのもいいかもしれませんね」

「うーん、装一郎の心を射止める女性って、まりあ以外にいるのか謎だよ」

真面目を擬人化させたような装一郎につりあう者、と言われて思い浮かんだのは、元皇族の従子だ。女学生時代は下級生からおおいに慕われ、生徒達の前に立つのにふさわしい女性だった。ただ、従子は結婚している。

婚約を結んだという話もなく、突然降嫁したのだ。

相手は親子くらい年が離れており、政略的な結婚であることは明らかであった。

皇族であれば、結婚相手は自分の意思ではどうにもならないだろう、とまりあは考えていたが、思っていた以上に露骨な婚姻だったと感じていた。

これが皇族に生まれた女性の務め。まりあだって、そういう結婚を覚悟していた。

しかし、久しぶりに再会した従子に変化はなく、悲壮感も漂わせていなかった。おそらく結婚した相手は元皇族である従子を尊重し、ふたりで奥ゆかしく暮らしているのだろう。

「まりあ、どうかしたの？」

「いえ、わたくしは、幸せな結婚をしたと思いまして」

出会いはいいものとは言えない。けれどもまりあは装二郎に愛され、満たされた暮らしをしている。

まさか自分がそういう結婚をするとは、夢にも思っていなかった。

「僕も、まりあと結婚して、とても幸せだよ」

夫婦は肩を寄せあい、家路に就いたのだった。


その後、正式に御上の任命を受け、装二郎とまりあは婦女子襲撃事件の調査を始めた。装二郎得意の夜間の見回りを行ったものの、帝都は平和そのもの。あやかしの姿さえ見られない。

昼間は被害者の家族に話を聞こうと手紙を送るも、返信はなし。直接家を訪問しても、面会してもらえないことが続いた。

一度夜会に参加しただけでは、山上家の信用は得られないからだろう。

別の社交場で情報収集するも、鬼に関する曖昧な情報が出回っているだけで、事件の解決に繋がるような話は得られなかった。

あっという間に、調査は八方ふさがりとなった。


その日、まりあは縁側で、ウメコやコハルと梅仕事をしていた。

梅仕事というのは、梅干しや梅酒などをつくる手仕事のことである。

山上家の庭には梅の木があり、今年は大きな梅の実がたくさん生《な》った。ウメコやコハルと共にそれを収穫したのだ。

追熟させた梅は、黄色く色づいていた。ほんのりと甘い匂いを漂わせはじめた頃が、梅干しづくりに最適な期間である。

縁側に腰かけ、爪楊枝で梅のへたを取っていく。地味な作業だが、これをしないと黴《かび》の原因になるため、大切な作業だ。食べるときも、へたがないほうがいい。

しかし、爪楊枝で梅を傷つけたら、そこから黴が生える可能性がある。そのため、ひとつひとつ丁寧に行う必要があるのだ。

まりあが梅干しづくりをするのは初めてである。下町に住んでいた頃は、梅を買う金すらなかったことを思い出し、切なくなった。

ウメコは毎年梅干しを漬けているらしく、慣れた手つきでへたを取っていた。手先が器用なコハルも、どんどん作業を進めていく。清白は縁側に伸びて、ひなたぼっこを楽しんでいる。なんとも平和な午後である。

まりあは真剣にへた取りをしていたが、ふと庭に何者かの気配を感じて顔を上げた。

「あなたは――！」

庭に突如として現れたのは、前回、怪異保全局の勅命を運んできた白い犬であった。

眠っていたはずの清白が起き上がり、楽しげな様子で話しかける。

「犬ー！」

白い犬は蛇のあやかしが恐ろしくないようで、尻尾を振りつつ縁側に前足をかけ、ぐっと接近してきた。

「えっと、お手紙、いただいてもよろしい？」

そう伝えると、白い犬はまりあに竹筒を差し出してくれた。まるで言葉を理解しているようである。賢い犬なのだ。

まりあが竹筒を受け取ると、そのまま回れ右をして帰っていく。

「じゃあね」

清白が声をかけると、白い犬は振り返って「わん！」と鳴く。それから勢いよく走り出し、あっという間に姿が見えなくなった。

どうやら今日は竹筒を返さなくてもいいらしい。

「ウメコ、装二郎様はお部屋にいらっしゃる？」

「いえ、今のお時間は地下にある調合部屋かと思われます」

装二郎は一日に一回は地下にある調合部屋に籠もり、香りを調合しているのだ。

梅仕事はひとまずウメコとコハルに任せ、まりあは清白を胸に抱き、地下の調合部屋を目指す。

装二郎の部屋を覗くと畳が剝がされている。そこに地下に繫がる階段があるのだ。

下りていくと、調合部屋に行き着く。まりあは部屋の外から声をかけた。

「装二郎様、勅命が届きました」

「え!?」

茶室の躙口《にじりぐち》のような小さな出入り口が開き、中から装二郎の顔が覗く。竹筒を差し出す前に、中に入るよう手招きされた。

「今さっき庭に密使が現れまして」

「また、なにか事件でも起きたのかな？」

装二郎が竹筒の中から丸めた紙を取り出し、書かれてあることを確認する。

「これは――」

装二郎は眉尻を下げ、なんとも言えない表情でまりあを見る。

「どうかしましたの？」

「いや、今回はまりあへの打診みたいだ」

手紙を受け取ると、そこには思いがけないことが書かれていた。

「異国からやってきた外交官の娘さんの、通訳及び話し相手になってくれですって!?」

まさかの打診である。異国語が堪能で年頃が近い華族の女性が見つからず、最終的にまりあが抜擢されたという。

外交官の娘は十六歳。なんでも足が悪く、車椅子と呼ばれる歩行を補助する道具がないと移動できないらしい。二年前に事故に遭ったようで、歩けるようになる見込みはないそうだ。

歩行を助ける使用人はいるので、まりあは通訳と話し相手だけ務めればいいという。

期間は帰国するまでの一か月、と書かれてある。

「まりあ、どうする？」

「そう、ですわね」

正直、華族令嬢が襲撃された事件が解決していないのに、ほかの仕事を引き受けていいものか、とまりあは思ってしまう。けれども、外交官の娘のそばにいたら、ここにいるよりもなにかしらの情報を得られるかもしれない。

それに、国賓の娘のそば付きになるよう御上から命じられた件が周知されたら、山上家がどれだけ重宝されているのか、周囲に主張できる。

現在、調査は行き詰まっている。新しいことを始めたら、解決の糸口を摑めるかもしれない。

「わかりました」

「……住み込みで、と書いてあるけれど」

しばらく装二郎と離れ離れになるようだ。けれども、得るものは大きいだろう。

「しかし、なぜわたくしなのでしょうか？」

「御上にも、いろいろ考えがあるんだと思うよ」

「でしたら――」

まりあは即座に腹を括った。

「わたくし、今回の打診を引き受けようと思います」

一瞬、装二郎は悲しそうな表情を浮かべたものの、すぐに頷く。

「わかった。だったら、御上に返事を書くよ」

「よろしくお願いします」

こうしてまりあは、新たな任務に挑むこととなった。

第二章

契約花嫁は、事件に深入りする

まりあはドレスをまとい、異国の外交官が滞在する屋敷へ向かった。持ってきた鞄には、コハルと清白が入っている。

右手に握る傘は、刀が仕込まれた護身具であった。それ以外に、陰陽術を使うための呪符もドレスに隠してある。なにがあるかわからないので、ほかにも身を守る手段はいくつか用意していた。

国から連れてきたと思われる異国の侍女の案内で、外交官の娘がいるという部屋に向かう。

「アリスお嬢様、例のお方をお連れしました」

「どうぞ、入って」

可愛らしい声が返ってくる。扉を開けた向こうにいたのは、ひとり掛けの椅子に腰かけた美少女であった。

栗色の髪はふんわりと波打っており、若葉色の瞳はキラキラ輝いている。

昔、こういう磁器人形《ビスクドール》を持っていたなとまりあはふと思い出した。

左腕にはウサギのぬいぐるみを愛おしそうに抱いていた。十六歳の娘が持ち歩くには少々幼いのではと思ったものの、彼女にとっては大切な品なのだろう。

アリスに近づくと、薄荷《はっか》の香りが鼻先を掠める。さわやかでとてもよい香りだった。

人形のように美しい少女、アリスはにっこり微笑みながら、まりあを歓迎してくれた。

「よく来てくれたわ。私はアリス。アリス・ベンフィールドよ」

彼女は歴史あるベンフィールド伯爵家の娘――つまり貴族なのだ。

「このウサギはヘンリー。〝お兄様〟からいただいた、私の親友よ」

やはり、アリスが抱いていたウサギのぬいぐるみは特別な品だったようだ。しかし、彼女に兄がいるという話は聞いていない。ひとまず兄とウサギには触れずに、自ら名乗る。

「山上まりあと申します。以後、お見知りおきを」

ドレスの端を指先でそっと摘まみ、膝を深く曲げる。母親から習った異国の挨拶だ。

「まあ！　あなた、そういう挨拶ができるのね。さすが、お父様に頼んで連れてきてもらったお方だわ」

第一印象は悪くなかったようで、まりあはホッと胸を撫で下ろす。

「私は立てなくて、挨拶できないの。ごめんなさいね」

「いえ」

一瞬、アリスの瞳から光が消えたのを見逃さなかった。さらに、アリスはヘンリーと呼んでいるウサギのぬいぐるみをぎゅっと抱きしめ、辛そうな表情を浮かべた。

足は二年前に負傷し、治る見込みがないと聞いている。未来ある十六歳の少女が背負うには、辛すぎる現実だろう。

彼女がなにか望めば、可能な限り叶えてあげよう。まりあはそう心に決めた。

「マリア、私、やりたいことがあるの」

さっそくか、と思いながらも、まりあはアリスの話に耳を傾ける。

「ここ最近、帝都で華族女性が次々襲われる事件が起きているっていうでしょう？　それについて、調査したいの。マリア、付きあってくれる？」

意外すぎる頼みに、まりあは驚きを隠せないでいた。

「アリスお嬢様はなぜそれを、ご存じなのですか？」

「夜会で噂話を耳にしたのよ」

アリスは夜会に参加するには少々年が若いが、外交官の娘なので連れ出されたのだろう。子どもになんて話を聞かせるのか、と信じがたい気持ちになった。

「どうして、その事件が気になったのでしょうか？」

「それは、悪いことをする人が許せないからよ。罪を暴いて、しっかりわからせてあげる必要があると思うの」

天真爛漫な様子を見せていたアリスの表情が、険しくなる。

十六歳の少女が浮かべるには、闇が深すぎる。まりあはそう感じた。

自らの力で歩くという行為を事故により奪われた彼女。きっと二年の間にさまざまなことがあったのだろう、と同情してしまう。

「お父様が帝都にいる間、とっても暇なの。だから、事件の調査でもして解決して差し上げようと思って」

ここで、まりあは御上がなぜ、彼女の通訳と話し相手に自分を指名してきたのか気づいた。アリスが事件について興味を持っているので、まりあが適任だと考えたにちがいない。

「マリア、いいでしょう？　危険なことは絶対にしないから」

「承知いたしました。お供します」

「本当に!?　よかった!!　ありがとう!!」

なんでも、これまで担当してきた通訳や付添人は、危ないからと反対してきたらしい。そのたびに、アリスは解雇を言い渡していたようだ。まりあも一歩まちがったら、早々にお役御免とばかりに家に帰されていたのである。

「マリア、これからよろしくね」

「はい、よろしくお願い申し上げます」

アリスが差し出す手を、そっと握る。

ヘンリーにも挨拶をすると、アリスは嬉しそうに微笑んだ。

こうしてまりあはアリスの相棒となり、事件解決のために奔走することとなった。

住み込みで働くということでその後、まりあ専用の部屋に案内された。

そこは花柄の壁紙が美しく、高級木材の家具が並ぶ瀟洒《しょうしゃ》な客室であった。

続き部屋となった寝室には、天蓋付きの豪勢な寝台が置かれている。洋風箪笥《チェスト》の中には、替えのドレスがたくさん用意されていた。靴や帽子、リボンに化粧品と、暮らしに必要な物はすべて揃えられている。

アリスに雇用されている限り、丁重に扱われるのだろう。

侍女に荷解きの手伝いは不要だと言い、ひとりになったあと、鞄を開く。中にはとぐろを巻いて熟睡する清白と、不安げな表情を浮かべるコハルの姿があった。

「コハル、大丈夫ですの？」

「え、ええ。平気です」

震える声で言葉を返すコハルは、平気なようには見えなかった。暗い鞄の中に閉じ込められ、恐ろしかったのだろう。彼女自身は大丈夫だと言っていたが、実際はそうではなかったようだ。

まりあはコハルを抱き上げ、背中を優しく撫でる。一方で、清白は眠ったまま起きようとしない。ゆっくり眠れるようにと枕の下に入れておく。

「あの、まりあ様、こちらのお嬢様にお仕えするという話なのですが、この部屋にはあまりお戻りにならないのですか？」

「ええ、そうね」

コハルは耳をぺたんと伏せて俯き、寂しそうな様子を見せた。

誰かに仕えるということがまず、まりあは初めてである。なにかあったときのために、コハルをそばに置いておいてもいいだろう。

「コハル、もしも姿を隠す術が使えるのならば、常にわたくしと共に在ってもよろしくってよ」

「はい、できます！」

コハルが一回転すると、その姿は消えてなくなった。

「まりあ様、いかがでしょうか？」

「うまく姿を隠していますわ」

「よかったです」

清白はここに置いておいても問題ないだろう。そうまりあは判断する。

「屋敷の構造も、少し理解しておきたいですわね」

窓を開いて庭を見ようと思ったものの、鍵がかかっていてびくともしない。どこを探しても、窓の鍵は見当たらなかった。

「おかしいですわね」

ならば、屋敷の外を歩き回ってみようか。そう思って部屋から出ようとしたら、すぐに声がかかった。

「マリア様、なにか御用でしょうか？」

使用人の少女が部屋の外にいたようで、まりあはギョッとする。

「あ——お茶でも飲もうかしら、と思ったのですが」

「さようでございましたか」

使用人の少女は呼び鈴を持っていて、チリンチリンと音を鳴らす。

すると、どこからともなく別の使用人が登場し、用件を尋ねる。

「マリア様にお茶を用意してください」

「かしこまりました」

使用人の少女はにっこり微笑みながら、「お部屋でお待ちください」と言った。

まりあは大人しく部屋に戻り、窓際に置かれていたひとり掛けの椅子にすとんと腰を下ろす。

部屋の窓は施錠され、扉の前には使用人。どうやら、自由な行動は制限されているようだ。使用人の件はともかくとして、窓はやりすぎなのではないか。まるで、軟禁されているように思ってしまう。

使用人が紅茶を運んできたときに、まりあは勇気を出して聞いてみた。

「あの、ここの窓、どうして鍵がかかっていますの？」

「それは、その」

言いにくいことなのか、使用人はまりあから目を逸らす。

「あなたが説明しないのであれば、アリスお嬢様に質問しますわ」

「いえ、それだけはやめたほうがいいかと！」

窓がしっかり施錠されている理由。それはまりあが想像もしていないことであった。

「実は二年前、アリスお嬢様は、窓から落ちて、足に大怪我を負ってしまったのです」

「なっ――――！」

そのため、アリスの父親であるベンフィールド伯爵は、帝都に来るまでに手紙で、すべての窓に鍵をかけて開かないようにしてほしい、と頼んできたそうだ。

「窓の鍵は旦那様がお持ちなんです。解錠は私共ではできません」

「そう、だったのですね」

窓が開かない事情を聞き、まりあはなんとも言えない気持ちになる。

使用人を下がらせたあと、盛大なため息をついたのだった。


その日の晩、アリスはまりあを歓迎する晩餐会を開いてくれた。

豪勢な料理が次々と運ばれ、異国料理を堪能する。メインは鶏の丸焼きだった。

「帝都の人は牛よりも、鶏が好きって聞いていたの」

「牛肉はあまり普及しておりませんので、皆、食わず嫌いなのかもしれませんわ」

「マリアは牛肉も食べられるの？」

「もちろん」

「よかった。だったら今度お父様に牛肉料理を出してもらうよう、おねだりしてみるわ」

アリスと話をしていると、父親に溺愛されていることがわかる。

母親はすでに亡くなってしまい、以降は父親の愛情を一身に浴びて育ったようだ。

「今日はお父様がいなくて、ごめんなさいね。毎晩毎晩、夜会に参加するのが忙しいみたいで」

外交を目的に帝都にやってきているので、夜間がもっとも社交を深められる機会なのだろう。まりあは理解を示す。

「わかりますわ。わたくしの父も、かつては毎日夜会に参加していたので」

「まあ！　マリアのお父様もそうだったのね。私達、よく似ているのかもしれないわ」

「ええ」

上流階級の家系に生まれた者は、だいたいこのようなものだろう。けれどもアリスがまりあに親近感を抱くのは悪くない。他人と話を合わせることはあまりないまりあだったが、今日ばかりは長いものには巻かれる。

「そうだわ。このあと、ちょっとした舞踏会を開きましょう！　私は踊れないけれど……マリアがやってきたお祝いに」

食事を終えたあと、演奏ができる使用人たちを呼び寄せ、彼らの前で踊ってみるようにアリスはまりあに言う。

「マリア、嫌かしら？」

「とても嬉しいです」

「そう。よかった！」

アリスのもてなしたいという気持ちを尊重する。

「マリア、パートナーはどうしましょう？　今日、ウィリアムお兄様はいないし」

「ウィリアム……お兄様、ですか？」

「そうよ。お父様のお友達で、夜会に出ていたはずだけれど」

アリスの話を聞いているうちに、まりあは気付く。アリスの言うお兄様は本当の兄ではないらしい。

その名にさらにピンときた。ウィリアム・バーティーン――夜会で女性達からの熱い視線を一身に受けていた、銀髪に赤い瞳を持つ美貌の青年だ。

「実はウィリアムお兄様もここに滞在しているの」

「かなり親しい間柄なのですね」

「ええ、そうなのよ」

アリスの父親は忙しく、めったに家に帰らない。そんなアリスを気の毒に思ったのか、ウィリアムはベンフィールド伯爵邸に滞在し夕食を共にしているという。

「私の誕生日なのにお父様がお仕事で会えないときは、ウィリアムお兄様が祝ってくれたのよ。すてきなプレゼントと、おいしいケーキを贈ってくれたの。このヘンリーも、ウィリアムお兄様がくれたのよ」

アリスはウィリアムを、本当の兄のように慕っているのだとか。ウィリアム自身も、アリスを妹のように大切に思っているのだろう。

「でも、ウィリアムお兄様ったら、ここ最近はお父様と一緒に毎晩出かけてしまうのよ」

「そう、だったのですね」

「異国の地に来て、きっと浮かれているのね」

彼はおそらく夜会に参加するだけでなく、女性達と楽しい晩を過ごしているのだろう。まりあは勝手に決めつける。

「侍女は踊れるだろうけれど、男性陣はどうかしら？」

会話をしているうちに集まってきた使用人達にアリスが問いかけても、皆、苦笑いを返すばかりである。ならば、まりあがひと肌脱ぐしかない。

「アリスお嬢様、わたくし、男性パートを踊れますわ」

「本当!?　だったら、私の侍女と踊ってみて」

「かしこまりました」

急遽集められた使用人楽団の演奏でまりあは侍女と手を握り、踊りはじめる。

侍女のほうは慣れていないのか、緊張してガチガチだった。

まりあが優しく導き、なんとか一曲踊り終えた。

アリスは嬉しそうに拍手し、まりあの踊りを絶賛する。

「すてき！　マリア、あなた、ダンスがお上手なのね！」

「ありがとうございます」

男性ほどの筋力があれば、アリスを横抱きにして踊れる。だが今の自分では、持ち上げることはできても踊るというのは無理だろう。まりあはそんなことを考えていた。

「皆、舞踏会をしようって誘っても、してくれなかったの。私の足が動かないから気まずくなると思っていたのかもしれないわ」

まりあも少しそう感じていたものの、アリスの歓迎する気持ちをくみ取った。どうやら、その判断は正解だったらしい。

「これまで来てくれた通訳は、家庭教師のような女性が多かったの。だから、私が少しでも規律に反したことをしようとしたら、いい顔をしなかったのよ」

アリスが求めていたのは、帝都での滞在を楽しく過ごせるような相手であった。礼儀を指導する家庭教師の指摘はすべて、的外れだったわけである。

「マリア、あなたが来てくれてとても嬉しいわ。改めてよろしくね」

「ええ、こちらのほうこそ、よろしくお願いいたします」

アリスと手と手を取りあい、思いがけない出会いを喜んだのだった。


与えられた私室に戻ったまりあは猫脚の湯船に入り、一日の疲れを落とす。琺瑯《ほうろう》でできた浴槽に浸かるのは久しぶりである。

実家でも、まりあの父が母のために異国から取り寄せていたのだ。

「まりあ様、お背中を流しましょうか？」

コハルが小首を傾げつつ、聞いてくる。

「ええ、お願い」

そう返すやいなや、コハルは十五歳前後の少女の姿となり、まりあの入浴を手伝ってくれた。

「まりあ様、今日一日、いかがでしたか？」

「アリスお嬢様は思いのほか、明るく朗らかで話していて楽しいお方だったわ」

足を怪我し、歩行が困難な少女だと聞いて、塞ぎこんでいるのではと思っていたのだ。ウィリアムの存在や、ぬいぐるみのヘンリーが、アリスの心を慰めたのだろう。

「使用人への態度も丁寧で、お仕えしやすいかと」

「そうでしたか」

ただ、屋敷の窓すべてが施錠されている、というのはいささかやりすぎではないのか、とも口走ってしまった。

「アリスお嬢様の父君は、ずっとそばにいてあげられないので、不安なのでしょうね」

「ええ……」

だが不満と言えば、窓を開けられないことくらいだ。

「装二郎様からいただいた、白檀のお香を焚こうと思って持参しましたのに」

窓を開けないと、香りが室内に籠もってしまう。どうにかしてもらえないものか。

挨拶するときに頼んでみようと考えていたが、アリスの父親であるベンフィールド伯爵はまりあが自室に戻るまで不在だった。

「明日は、ぜひ会いたいですね」

「本当に」

会いたい、という言葉を聞き、まりあの脳内に装二郎の姿が浮かび上がった。

朝、見送ってもらってからたった数時間会っていないだけなのに、すでに装二郎を恋しく思っているのだ。

装二郎に手紙でも認《したた》めようか、というまりあの呟きに、コハルが反応する。

「でしたら、わたくしめが山上家までお運びします」

「ありがとう、コハル」

そんなわけで、風呂から上がったあと、まりあは装二郎に手紙を書く。それを、コハルに託したのだった。

――一時間後、コハルが戻ってくる。

「旦那様はたいそう喜んでおられました」

「そう、よかった」

コハルは返事を持ち帰ってくれた。その手紙には、まりあを応援する言葉が書かれている。装二郎は寂しくないようで、安心したような、少しがっかりしたような、複雑な心境となった。

今日のところは眠ってしまおう。そう決意し、まりあは寝室に向かう。枕を手に取ると、その下に清白の姿があった。ここに来てからずっと、眠り続けていたようだ。

「う――ん。おはよ」

「まだ夜ですわ」

「じゃあ、おやすみなさい」

どうやらまだ眠れるらしい。今夜は寝られるだろうか、と不安になっていたまりあは、どこでも熟睡できる清白が羨ましくなった。

横になると、しーんと静まり返る寝室に物足りなさを感じる。

山上家の屋敷では、今の季節であれば虫の鳴き声が微かに聞こえる。けれどもここは自分達以外誰もいないのでは、と思うほどの静寂に包まれている。

目を閉じたけれど、やはりなかなか寝つけない。どうしたものか、と考えていたところに、不可解な物音が聞こえてくる。

カリカリ……カリカリカリ……。

まりあが飛び起きると、隣で眠っていたコハルも毛を逆立てながら立ち上がったところだった。清白までも目を覚ましたようで、「なに？　どうしたの」とまりあへ質問を投げかけた。

「窓のほうから、物音が聞こえます」

コハルは「ひっ！」と息を呑み、清白は窓をじっと見つめている。

まりあは護身用の仕込み傘を握り、そっと窓へ近づく。

なにか硬い物で窓を引っ掻くような音が聞こえていた。

窓の向こうに気配を感じ、まりあはハッとなる。もしや、華族女性を狙って襲撃する者が、まりあのもとへやってきたというのか。

コハルが震えながらまりあのあとに続き、清白は腕に巻きつく。細長い舌をちろちろ出しながら、情報収集をしているように思える。

まりあは意を決し、窓掛け《カーテン》を開いた。

すると、真っ黒い物体が窓に張りついている様子が見えた。

仕込み傘の刃を抜き、前に構えたが、外から叫び声が聞こえる。

「まりあ！　僕、僕だよ！」

「はい？」

よくよく見たら、黒い塊は九尾の狐の姿に変化《へんげ》した装二郎であった。

「そ、装二郎様⁉」

「うん、そう！　ここ、開けて！」

まさか、装二郎がやってくるとは、まりあは夢にも思っていなかった。コハルは安堵したようにため息をつき、清白は解散だとばかりに、布団のほうへ戻っていく。

「あの、実は……ここのお屋敷はすべての窓に鍵がかかっていまして、開けることができないのです」

「え、そうなの⁉　困ったな」

なんでも寂しくなって、我慢できずにやってきたのだという。

「内側からも開けられないかあ……。あ、そうだ。まりあ、白檀の香を渡していたでしょう？　あれを焚くことってできる？」

「できますけれど、なにか意味があるのですか？」

「あるよ。煙を操って、解錠できるんだ」

　装二郎ほどの香の遣い手であれば、それくらいの芸当はできるらしい。

　まりあは言われたとおり、部屋の中で白檀の香を焚いた。

　マッチで火を点けると、馨しい匂いが立ちのぼってくる。白檀は大好きだが、一番好ましいのは、装二郎がその身にまとった香りだな、と改めて思ってしまう。

　香木から漂う煙を窓へ近づけると、くるくる舞い、鍵穴へと吸い込まれていった。

　しばらくすると、カチャリ、という金属音が聞こえた。

　窓がするりと開き、九尾の狐の姿となった装二郎が部屋の中へ入ってきた。

「まりあ、会いたかった!!」

「わたくしも」

　胸に飛び込んできたもふもふな装二郎を、まりあはぎゅっと抱きしめる。

　そうして大好きな白檀の香りをめいっぱい吸い込んだ。ほう、と熱い吐息が零れる。

　装二郎の匂いを嗅いでいると、まりあは酷く安心する。

「たった数時間しか離れていないのに、まりあ不足になってしまったんだ」

「わたくしも、装二郎様のいない夜は物足りなくって」

「え、本当に？」

「嘘は言いません」

装二郎はまりあに怒られるだろう、と思っていたらしい。それでもいいから、会いたかったのだという。

「まさか、まりあも一緒の気持ちだったなんて、嬉しいな」

こうして温もりを感じていると離れがたくなってしまう。

「装二郎様、よろしかったら、夜だけでも一緒に過ごしませんか？」

「え、いいの？」

「狐の姿であれば問題ないかと」

「あ、人の姿はダメなのね」

装二郎は明らかに落胆した態度を見せる。装一郎が結婚しない限り、自分たちは真なる夫婦にはなれないのだから、仕方がない話であった。

「装二郎様がお嫌なのであれば、別々に眠ることも可能ですが」

「嫌じゃない！　むしろ嬉しい！　早く眠ろう！」

そう言うやいなや、装二郎は寝台に跳び乗ってまりあを振り返る。

「さあまりあ、一緒に寝ようか」

「ええ」

寝台に横たわると、装二郎がぴったり体をくっつけてくる。ふわふわな毛並みが気持ちいい。初夏の晩にはいささか暑い気もしたが、ひとりで眠るよりずっといい。

「まりあ、おやすみ」

「装二郎様、おやすみなさいませ」

目を閉じると、不思議とすぐに眠りの世界へ誘われ、まりあは深い眠りの中へ沈んでいったのだった。


翌朝――装二郎の姿はなかった。置き手紙が残されており、使用人が廊下を行き来する音が聞こえたので帰る、と記されていたのである。

狐の姿でどうやって書いたのか、いささか疑問であったものの、まあいいか、とまりあは思う。手紙の最後には、今晩も来るから、とあった。一日頑張った晩には、装二郎に会えるのだ。

昨晩解錠した窓は今はしっかり閉ざされている。白檀の香りも残っていない。少し名残惜しいけれど、夜になったら装二郎はやってくる。そのときに、遠慮なく香りを堪能すればいいだけだ。

朝食は部屋に運ばれてきたもので済ませ、身なりを整えたあと、アリスのもとへと向かった。

「マリア、おはよう。いい朝ね」

「おはようございます。今日は、調査日和のようですね」

「ええ、そうなの！」

アリスは嬉しそうに頷く。

「今日は事件の被害に遭った華族令嬢の家である、東雲《しののめ》家を訪問しようと思っているのよ」

最初の調査対象に上がった東雲家は、先日、まりあと装二郎が面会を申し込んで断られた家だった。

「あの、そちらへは先触れなど出しているのでしょうか？」

「ええ、もちろん。お父様が面会を申し込んだら快く許可してくれたわ」

「そうでしたか」

これが国家間を渡り歩いている外交官と、社交をしてこなかった山上家の差である。

こういうのは日々の努力の積み重ねなので、今後も社交を怠らないようにしなければ。

そう、まりあは自身に言い聞かせた。

「そういえば、ベンフィールド伯爵は戻っていらっしゃるのでしょうか？」

「帰ってきているわ。でも、夜通しお酒を飲んでいたそうで、帰宅してすぐに眠ってしまったみたい」

ご挨拶しようかと考えていたものの、叶わないようだ。

「次に会ったときにでも、お父様にマリアを紹介してあげるわね」

「ありがとうございます」

窓が施錠されている件に関しては、装二郎が解決してくれた。そのため、急いで会う必要もなくなった。

まずは、調査に集中しなければ、とまりあは気合いを入れる。

「マリア、さっそくだけれど行きましょうか」

「はい、アリスお嬢様」

アリスは従僕の手を握り、運ばれてきた外出用の車椅子に腰かける。外出時にもヘンリーを連れていくようで、しっかり胸に抱かれていた。車体は重たいので、侍女ではなく、車椅子専属の従僕が押すようだ。

馬車に乗り込むのにも、従僕の手を借りなければならない。

抱きかかえられて座席に下ろされたアリスは、うんざりするように語った。

「いちいち他人の手を借りなければ移動もできないなんて、嫌になっちゃうわ」

「心中、お察しします」

アリスは俯き、消え入りそうな声で話す。

「私がいなかったら、お父様も楽しく暮らせるんじゃないかって思う瞬間があるの」

「アリスお嬢様、そのようなことはないかと」

彼女の父親であるベンフィールド伯爵は、ひとり娘を心から愛している。事故によって歩けなくなった娘を心配し、屋敷中の鍵を施錠するくらいだ。

「昨日やってきたばかりのマリアに、なにがわかるっていうの？」

「わかりますとも。アリスお嬢様の周囲にはたくさんの使用人がいて、快適に過ごせるような環境が用意されております。それは紛れもなく、ベンフィールド伯爵の愛情です」

愛は目に見えるものであるとは限らない。気配がなく、わかりにくい愛もあるのだ、とまりあはアリスに説いた。

「ベンフィールド伯爵はきっと不器用な御方なんですよ。ただ、アリスお嬢様を深く愛していることはたしかです」

アリスはハッ、と肩を震わせる。

どうやら納得したようで、ホッと胸を撫で下ろす。

話している間に、東雲家に到着した。

立派な松が生えた庭園を抜けた先に、大きな平屋建ての家が見えてくる。数名の使用人に出迎えられ、丁重にもてなされた。

途中で、当主である東雲子爵がやってきた。白髪交じりの初老の男性で、垂れた目には疲れが滲んでいるように見える。

「ようこそお出でくださいました」

東雲子爵が喋った内容をまりあが通訳すると、アリスは言葉を返す。

「こちらのほうこそ、大変なときの訪問を受け入れてくれてありがとう。私はベンフィールド伯爵の娘、アリス。こちらはマリア・ヤマガミよ」

今度はアリスが喋っていた言葉を、東雲子爵に伝えた。

通訳することにより、まりあは自己紹介をする。すぐにまりあが以前、面会の申し出を断った山上家の者だと気づいた東雲子爵は気まずそうに顔を伏せた。

まりあは通訳という自分の役割をまっとうするため、事前に打ちあわせていた質問事項を東雲子爵へ問いかける。

「娘さんのご容態はいかがでしょうか?」

東雲きく——十八歳となる、うら若き乙女である。

他家へ嫁ぐことが決まっている矢先の、不幸な事件だったらしい。

「娘、きくは……医者も匙を投げた状態で、今でも苦しんでいます。現在はもう、会話もままならないような状況でして」

暗い面持ちになった東雲子爵に、アリスが見舞いにと持ってきた金魚草の花束を渡す。

「ありがとうございます。娘も、喜ぶと思います」

東雲子爵の言葉をアリスに伝えると、安堵したように微笑んだ。

「あの、きく様がどういった状況で襲われたかご存じでしょうか？」

「あまり参考になるとは思えないのですが」

東雲子爵は遠い目をしながら、きくが襲撃された当時について話しはじめる。

「結婚が近づくにつれて、娘は日に日に元気がなくなっておりまして、心配になって医者に診せたところ、結婚前の女性の多くに見られる鬱《うつ》症状だと言うんです。そこで結婚までの時間、気分転換に好きなことをしなさいと勧めました――」

きくはそれまで参加を控えていた夜会に行くことにより、元気を取り戻していったという。

「事件があった日は、幼なじみである福田《ふくだ》重孝《しげたか》とついつい夜遅くまで話し込んでいたらしく、帰りが遅くなったというのです」

急いで帰宅をする中で、きくは突然何者かの襲撃を受けた、と。

「首筋にちくっという痛みが走り、振り返ったときに、去りゆく男の姿を目撃したそうです」

その話は、以前まりあが参加した夜会でも耳にしていた。血を吸っているのではないか、という話が出回り、鬼ではないのか、という噂が囁かれていたのだ。

ふと、山上家の仕業だと疑われていたのを思い出す。それが理由で、東雲子爵は面会を断ったのだ、とまりあは今になって気づいた。

「娘は意識が朦朧《もうろう》とした状態で帰宅し、事情を話したあと、気を失いまして」

以降、言葉を交わせるような状態ではないらしい。

「毎晩、なにかに怯え、うなされているような状態で、効果的な薬もなく……」

数日の間は痛み止めを服用していたようだが、今はそれすら飲ませられないようだ。

「きく様と面会できるでしょうか？」

「正直、会って話ができるような状態ではありません。しかし、娘の容態を確認することにより、事件解決に繋がるのならば」

東雲子爵はきくと面会させてくれるという。

「こちらです。ついてきてください」

まりあは東雲子爵の言葉をアリスに伝えると、アリスは強ばった表情で頷いた。

てっきりきくの部屋に行くのかと思っていたが、東雲子爵はまりあとアリスを外へ誘う。庭を通って屋敷の裏側へと回ると、そこには大きな蔵があった。

「こちらです」

「まさか、きく様は蔵にいらっしゃるのですか？」

「ええ、そうなんです。実は、娘は誰にも会いたくないからと言って、蔵で療養したいと言い出しまして……」

なんでも外傷が酷いようで、人目を避けて療養しているそうだ。

「医者の診察も受けたのですが、原因不明だと言われてしまい……。まるで、あやかしかなにかに取り憑かれているようで――いえ、なんでもありません」

山上家があやかしのお頭と呼ばれているのに気づいたのか、東雲子爵は途中で口を閉ざす。

蔵の窓には板が張りつけられており、内部は暗い。庭を行き来する使用人にも姿を見られたくないと、このような状態にしているという。さらに眠れない日も多いようで、常に暗くして入眠しやすいようにしているのだとか。

東雲子爵はそっと中へと入り、まりあやアリスを手招く。

蔵の中は消毒液となにかが混ざった、独特な臭いが立ち込めていた。

足を踏み入れてすぐに、くぐもった声が聞こえる。

「ううう、あああああ！」

蔵の奥に人の気配があった。角灯を手に覗き込むと、寝台が置かれ、女性が横たわっている。彼女がきくなのか、というアリスの質問に、まりあは「おそらく」と言葉を返した。

東雲子爵が角灯で、きくの姿を照らす。

「あのようにしないと、自分で自分を傷つけてしまうのです……」

そこにいたのは、猿ぐつわを噛まされた状態で体を寝台に括りつけられ、真っ赤に充血した目でこちらを見つめるきくの姿であった。

全身に包帯が巻かれ、いたるところから血が滲んでいる。怪我をしたのは首筋だけだというが、全身を掻き毟《むし》ってしまったようだ。

異国の童話に登場する木乃伊《みいら》のようだと、まりあは思う。

「う、うう、うああああああ!!」

きくの悲鳴に驚いたアリスが、まりあに抱きついてくる。

「こ、これは――」

アリスが「まるで悪魔憑きのようだわ」と口にする。

「たしかに、なにかが取り憑いているようにもお見受けするけれど……」

うっかり口にしてしまい、まりあは手で口元を隠す。

が、東雲子爵は気を悪くするどころか、同じように考えていたようだ。

「私も娘になにか取り憑いているのだろうと思い、陰陽師にお祓いを頼んだのですが」

お清めにと持ってきた聖水も、まったく効果がなかったようだ。

「口にすれば回復すると思っていたのですが……。聖水を激しく怖がるばかりでした」

聖水を怖がる、というのはまさに異国の物語に登場する悪魔憑きそのものだ。

これはいったいどういうことなのか……。

アリスがまりあの服の袖を引き、ひそひそと耳打ちする。

「マ、マリア、ここは不気味だわ。早く外に出たい」

「わかりました」

東雲子爵に外で話をしようと持ちかけ、一度蔵から出る。

太陽の下に出てくると、アリスはホッと胸を撫で下ろしているようだった。

「その、きく様の容態についてはよく理解できました」

きくは日に日に衰弱していっているという。このままでは、ほかの被害者達のように、死んでしまうと東雲子爵は訴えてきた。

「どうかお願いします！　娘を、娘を助けてください！　少し前までは、明るくて優しい娘だったんです！　元の娘に戻るのならば、なんだってしてします」

東雲子爵は力なく頽《くずお》れ、額を地面へつけた。

「あ、あの、そこまでなさらなくても」

「マリア、この人の耳にはもう、あなたの声なんて届いていないわ」

子爵はただただ、きくが助かるよう、神に祈るように乞い続けていた。

あとのことはそばにいた使用人に任せ、まりあとアリスは東雲家から去る。

帰りの馬車で、アリスは俯き、明らかに元気をなくしていた。ヘンリーをぎゅっと抱きしめ、顔を伏せた状態でいる。

「あんなに酷い状態になっていたなんて。なんて可哀想なの」

「わたくしも、そう思います」

きくに会うまで、事件を起こしたのはあやかしではなく、人為的なものにちがいないと信じて疑わなかった。けれどもあの状態を見たあとでは犯人はあやかしで、被害者の女性を襲撃し、呪ったのではと推測してしまう。

「それにしても、聖水を怖がるなんて、そんな病気、聞いたことがないわ」

「ええ……」

帝都でいったいなにが起きているのか。正体不明の事件を前に、まりあは初めて恐ろしいと感じた。

ひとまず今晩、装二郎に相談してみよう。なにかわかるかもしれない。まりあはそんなことを考えながら、ベンフィールドの屋敷へ戻ったのだった。

数日後の夜、まりあはベンフィールド伯爵が主催する晩餐会へ招待された。

大勢参加者がいるとまりあは思っていたものの、いざ食堂に向かってみると、ベンフィールド伯爵とアリス以外誰もいなかった。

一緒にこの屋敷に滞在しているというウィリアムの姿もない。彼はベンフィールド伯爵以上に、ここへ戻らないという。

どうやら、まりあのみを招待した晩餐会だったらしい。

「ああ、君がアリスの新しい通訳のマリア嬢か」

「はじめまして、山上まりあと申します」

ベンフィールド伯爵は思っていたよりも若い。

なんでも結婚したのは十七歳で、その翌年にアリスが生まれた。年齢は今年で三十四になるという。若いわけだ、とまりあは思った。

「いやはや、このように美しい女性《ひと》がアリスの通訳についてくれたなんて。光栄だな」

「もったいないお言葉でございます」

ベンフィールド伯爵はまりあを歓迎し、豪勢な料理でもてなしてくれる。

なぜか彼はまりあの経歴に興味を示し、話を聞きたがった。

「なるほど。帝都には上流階級の娘達が通う学校があって、そこでさまざまな教育課程を経て世に出るというわけか。マリア嬢の語学が堪能な理由がわかって嬉しいよ」

「母が異国出身というのもありますが」

「ああ、そうだね。君の瞳は春の澄んだ湖のように美しい」

なんだか口説かれているように感じて、気まずく思う。

自意識過剰かとも思ったが、アリスのベンフィールド伯爵を見つめる目は険しかった。いったいなにを言っているのか、と言わんばかりの厳しい視線である。

どうやら、まりあの気を引こうとしているという認識でまちがいないらしい。

まりあはわざと匙を床に落とす。ガシャン！　と派手な音が鳴り、ベンフィールド伯爵との会話も中断した。

「ああ、誰か、マリア嬢のスプーンを新しい物に変えてくれ」

「申し訳ありません。緊張していて」

「堂々としているように見えたけれど、内心ではそういうふうに思っていたなんて可愛らしい」

にっこり微笑みかけられ、まりあの全身に鳥肌が立った。

さすがに黙認できなかったのか、アリスがひと言物申す。

「お父様、マリアが困っているわ。お戯れはそれくらいになさったら？」

「あ、ああ、そうだね」

異国の地を領する貴族は、妻に内緒で愛人を迎える者が多いらしい。アリスがいる前で、よくもこんなことができるな、とまりあは呆れる。

ちらりと横目でアリスを見てみたら、ベンフィールド伯爵を静かに見つめていた。

さほど動揺していない様子から、父親が女性を口説く場面を目撃するのに慣れているのだろうと察する。

アリスが父親の愛を疑ってしまう理由を、まりあはたった今、察した。

食事を早々に切り上げ、まりあは逃げるように自室に帰った。

手早く風呂に入り、装二郎を待とうと着替えに手を伸ばした瞬間、ぞっとする。

脱衣所にあったのは、まりあが用意していた浴衣ではなく、ネグリジェと呼ばれる、肌が透けるほど薄い生地で仕立てられた寝間着であった。

おそらく、侍女か使用人が取り替えたのだろう。

こういう気持ちの悪い指示をする人物は、ベンフィールド伯爵以外思いつかない。

まりあは腹を立てつつも、ネグリジェしか着るものがないので、仕方なくまとう。上からタオル地の風呂外套《バスローブ》を着込み、部屋に戻る。すぐに山上家から持ってきた浴衣に着替えていたら、扉がトントントン、と叩かれた。

胸がどくん！　と激しく脈打つ。

まさか、ベンフィールド伯爵がやってきたのか。

無視しようと思っていたところに、声がかかった。

「マリア、いる?」

「アリスお嬢様!?」

慌てて扉を開くと、そこにはヘンリーを抱いたアリスの姿があった。車椅子を自力で漕いできたようで、従僕の姿はない。

「どうかなさったのですか?」

「怖い夢を見て眠れそうにないから、一緒にいてほしいの。いい?」

「もちろんです。どうぞ」

ベンフィールド伯爵でなかったので、まりあは盛大に安堵のため息をつく。

箪笥の陰に身を隠していたコハルは、すぐに姿を消したようだ。寝室の枕の下に潜っている清白は、放っておいても朝まで熟睡するだろう。

車椅子を押して寝室に移動し、アリスを抱き上げようとしたが制止される。

「マリア、大丈夫。寝台には腕の力だけで行けるから」

均衡を崩したらいつでも支えられるよう、まりあは構えていたが、アリスは難なく寝台へ寝転がる。

「ね、できるでしょう?」

「ええ、すばらしいです」

「ありがとう。特技なんだけれど、なかなか披露できなくって」

毎晩、侍女に自分で寝転がりたいと言っても、聞き入れてもらえないらしい。

「自分でできるのに、周囲の人達はなんでもかんでも心配ばかりして、やらせてくれないのよね。でもマリア、あなたはちがう」

まりあは何事においても、本人が希望することがもっとも大事だと考えている。その人の人生に物申す権利なんて誰にもないからだ。ただ、無茶をするようなら、意見するようにしていた。

「もっと早く、マリアに出会いたかった」

「同級生だったら、大親友になっていたかもしれませんね」

「マリアもそう思う？」

「ええ」

「でも、もう流れてしまった時間は、取り返せないのよね」

悲しげに呟くアリスに、まりあは返す言葉が見つからなかった。

まりあは女学校時代に、花乃香に出会った。彼女と過ごした日々は振り返ってみると宝物だったように思える。アリスの言うとおり、あの頃には戻れない。そう考えると、なんだか切なくなってしまった。

「暗い話はやめましょう。私、もっとマリアの話を聞きたいわ」

「わたくしも、アリスお嬢様についてお聞きしたいです」

「あら、そう？」

会話をしながらふたりでベッドで微睡《まどろ》んでいるところに、寝室の扉を叩く音が響く。

「ん……誰？」

まりあがむくりと起き上がり、目を擦っていると、扉の向こう側から声がする。

「マリア嬢、もう少し、話せないだろうか？」

ベンフィールド伯爵の声だと気づくと、まりあの意識は一気に覚醒する。

やはり来たか、のひと言しか思い浮かばない。

どうしたものか、と返事に迷っていたら、アリスが言葉を返す。

「お父様、マリアになにかご用事？」

「アリス!?　なぜそこにいるんだ？」

「私達、いつも一緒なの。だから、お父様はご自分の部屋に戻っていただける？」

「……わかった」

ベンフィールド伯爵の足音が遠ざかっていくのを聞きながら、まりあはホッと胸を撫で下ろす。

一連のやりとりから、アリスが部屋にやってきた理由を察してしまった。

「アリスお嬢様、ありがとうございます」

「あら、なんのお礼かしら？」

「こうなることがわかっていて、今晩、こちらにいらっしゃったのですね」

アリスはきゅっと口を結び、ごろりと転がってまりあに背を向ける。

「マリアは夫がいる身でしょう？　どんな事情があっても、私は不貞を絶対に許せないの。だからよ」

アリスの背中から、まりあは燃えたぎるような怒りを感じる。もしかしたら過去に、ベンフィールド伯爵の不貞を知るような不快になる出来事があったのかもしれない。

この件に関して、追及しないほうがいい。まりあはそう思ってひとまず「おやすみなさい」と告げる。

目を閉じようとしたら、枕の下で寝ていたはずの清白が出てきて、耳元で囁く。

「装二郎、来てる」

「!?」

ベンフィールド伯爵のせいで、まりあは装二郎が来ることをすっかり失念していた。

アリスが眠っているのを確認してからさりげなく寝返りを打って窓があるほうを向くと、大きな狐の影が窓に映っていた。いつからそこにいたのか。まりあは申し訳ない気持ちでいっぱいになる。

だが、アリスがいる以上、装二郎を部屋に招き入れるわけにはいかない。

どうしようか、と考えている間に狐の影が消えてなくなった。

おそらく、アリスの気配を察し、山上家の屋敷へ戻ったのだろう。

ホッと胸を撫で下ろすのと同時に、心の中で謝るまりあだった。


翌日の昼前――アリスが興奮した様子でまりあを呼び出す。

「ねえ、マリア！　私、大変なことに気がついたの！」

「アリスお嬢様、どうかなさったのですか？」

「それがね、これを見てほしいんだけれど」

アリスがまりあへ見せたのは、なにかの名簿である。女性の名前がずらりと羅列してあって、全部で三十名分ほど並んでいる。

どうやら華族令嬢の名が書かれたもののようで、パッと見ただけでも知っている家名がいくつかあった。以前、まりあにケンカをふっかけてきた美代子や、その取り巻きの名前も確認できる。

「アリスお嬢様、こちらはなんの名簿なのでしょうか？」

「これ、ウィリアムお兄様の花嫁候補らしいの！」

半月ほど前に、ウィリアムがアリスのもとへ持ってきたのだという。

「バーティーン子爵はなぜ、それをアリスお嬢様に渡したのですか？」

「ここにある華族令嬢と仲良くして、どんな性格か調べてほしいって頼まれたの。私は夜会にはあまり参加したくないからって断ったんだけれど、置いていったのよね」

その名簿に、驚くべき名前を発見したという。

アリスが指差した箇所に、東雲きくの名前があったのだ。

「彼女だけではないわ。ほかの被害者の名前もあるの」

「つまり、ここの名簿にある華族令嬢が、次々と襲撃を受けている、というわけですか？」

「偶然ではないと思う」

被害者の数は十名。そのすべて、ここに名前がある。

「これはいったい、どういうことですの――!?」

「ウィリアムお兄様について、少し探ったほうがいいかもしれないわ。もしかしたら誰かに騙されている可能性があるから」

ここでアリスはまりあの手を握り、思いがけない懇願をしてきた。

「マリア、お願い。ウィリアムお兄様について、調べてくれない？」

アリスは前回の調査で、事件が恐ろしくなってしまったらしい。

そのため、家で待機していたいという。

「もし被害者が出たら、一緒にお見舞いに行くから」

「わかりました」

正直アリスがいるよりも、まりあに一任してくれたほうが調査はしやすい。怪異保全局の局員としては、ありがたい申し出でもある。

「アリスお嬢様、わたくしにお任せください」

「マリア、ありがとう」

そんなわけで、まりあに単独での外出許可が出て、ウィリアムについて調査することとなった。

「あの、数日間、ここへは戻れないかもしれません。一度、自宅に戻ろうかと思っています」

「わかったわ。ぜひ手紙をちょうだい」

「かしこまりました」

アリスと別れたあと、コハルや清白を連れて装二郎が待つ山上家の屋敷へ戻る。

たった数日しか家を空けていないのに、なんだか懐かしく思えてしまうから不思議だった。

門に着いたところであやかし達がいち早くまりあの帰宅に気づき、嬉しそうに駆け寄ってきた。

「まりあ様だ！」

「お帰りなさい！」

「会いたかった！」

出迎えてくれるあやかし達にもみくちゃにされていると、まりあの心は癒やされる。

一匹一匹、ワシワシと撫でてあげた。

偶然通りかかったウメコも、まりあの帰宅に気づく。

「ああ、まりあ様がお帰りに！　わたくしめが見ているのは、幻でしょうか？」

「ウメコ、わたくしは幻ではありませんわ」

「ほ、本物ですか？」

「正真正銘、本物です」

「ああ、よかった」

数日家を空けただけで大げさである。

「わたくしがいない間、なにか問題でもあったのですか？」

「旦那様が酷く塞ぎ込むようになり、日中はまりあ様の名前しか呟かなくなってしまったのですよ」

「またまた、嘘を言って」

「いえ、これは本当です！　三分に一度はため息をつき、まりあ様のお名前を口にしているんです」

「本当に？」

「本当なんです！　信じてください！」

今言った装二郎の様子が真実だと証明するために、ウメコは庭側から装二郎の部屋があるほうへと案内する。

窓からそっと覗き込むと、畳にあぐらをかき、束ねた書類を読む装二郎の姿があった。憂鬱そうな表情を浮かべ、盛大にため息をついている。

そして、想定外のことを口にした。

「なんか、まりあの匂いがする」

ガラス窓と壁で隔たれているのに、匂いを察知するなんて。

犬か、とまりあは言いそうになった。

「まりあ様、玄関から中へ入りましょう」

「ええ、そうね」

玄関を入ると、装二郎は一目散に駆けつけてきた。

「まりあ！　どうして!?」

「装二郎様に会いたくなって――きゃあ！」

言い終える前に、装二郎はまりあをぎゅっと抱きしめる。

「嬉しい！　やっぱり、そばにまりあがいないと、生きている気がぜんぜんしないよ！」

「そ、そうなのですね」

　装二郎に会いたくなって帰ってきたというのは冗談だった、とは言い出せず、まりあは装二郎を優しく抱きしめ返す。

「まりあ、もう二度と、離れないで」

「な、なるべく、そばにいるようにいたします」

「なるべく？」

「えー、その、ずっとそばにおります」

「うん、そうして」

　熱烈な歓迎を受けてしまった。

　それから茶の間に移動し、落ち着きを取り戻した装二郎に事情を打ち明ける。

「聖水を怖がる症状か」

「まるであやかしが取り憑いたような、誰かから呪いを受けたような、そんな反応のように思いました」

「ちょっと待って。そういうの、ずっと前に本で読んだような気がするんだけれど」

　装二郎は幼少期から読書家で、山上家にあったあやかし関係の書物はすべて読破しているという。そのため、あやかしの種類や能力についても詳しかった。

「あやかしですの？　それとも呪いですの？」

それにより、犯人像はまったくちがったものになる。

「聖水を恐れるというので、異国の悪魔が取り憑いているのかとも思ったのですが」

悪魔であれば聖水で退治できただろう。効果がないということは、原因はほかにある。まりあが装二郎の肩を揺らし、答えを求めるも、うんうんと唸るだけだった。

「どうか思い出してくださいませ！」

「う――ん、なんだったかな。思い出せそうで、思い出せないんだ」

「装二郎様頼みですのよ！」

ひとまず、この件に関しては装一郎に相談するという。彼もまた、山上家にある書物はひととおり読破しているようだ。

「装一郎に頼るのは癪だけれど」

「状況が状況ですから、仕方がありませんわ」

調査を頼んでいる間、装二郎とまりあはウィリアムについて調べなければならない。

「ウィリアム・バーティーン子爵、か」

「彼について、なにかご存じですの？」

「いや、昨日届いた帝都警察の報告書に名前があって。襲撃を受けた女性のすべては、彼の花嫁候補だったらしい」

「私もそれを伝えようと思っていたのですが、その情報は警察もすでに把握されていたのですね」

「うん。そうみたい」

だが装二郎によると、捜査の結果、ウィリアムは事件と無関係だと判断したという。

「そんな！　今から、彼の調査を始めようと思っていましたのに」

「いや、詳しく調べるのは悪いことではない。帝都警察の捜査は、人為的な事件に対するものだっただろうから」

怪異保全局の我々の調査であれば、これまで見えていなかった事実もわかるかもしれない。落胆するまりあに、装二郎は励ますように言った。

「彼ってベンフィールド伯爵と一緒の屋敷に滞在しているんだよね？」

「ええ。けれども、あまりお戻りにならないようで一回も顔を合わせませんでした」

「そっか」

帝都警察の捜査によると、ウィリアムはたいそうな女好きで、夜な夜な遊び歩いているらしい。アリスの父親、ベンフィールド伯爵とは同じ穴の狢《むじな》というわけか、とまりあは内心思ってしまう。

「ここ最近、バーティーン子爵は冥冥館《めいめいかん》という怪しい社交場に入り浸り、たくさんの女性を侍らせているそうです」

冥冥館――表向きは上流階級の社交場のようだが、実際は男女が密会する機会を提供する場所だという。

　夜間にウィリアムが出入りしていることは、アリスもすでに摑んでいた。なんでも、従僕に金を握らせ、ウィリアムを尾行するように命じていたらしい。

「まりあがお仕えしているお嬢様、なかなかすごいね」

　悪を憎むような発言をしていたが、あの年頃の少女が抱くには、あまりにも苛烈だった。事故に遭い、足の自由を奪われただけでなく、アリスの身にほかにもなにかがあったのだろうか。それは、まりあが知り得ない情報だ。

「冥冥館か──。たしかあそこって、一日置きに営業しているんだよね」

「装二郎様、お詳しいですわね」

「あ、行ったことはないよ。ただ知識として把握しているだけ」

　そうだろうな、とまりあはわかっていたが、装二郎がどういう反応を示すのか知りたくて、あえていじわるな聞き方をしたのだ。

　装二郎は動揺など見せずに、さらっと言葉を返した。

「変装して、潜入してみようか」

「そのほうがいいかもしれませんわ」

　まずは役どころを決める。装二郎は成金商家の若頭、とあっさり決まった。

「まりあは優秀な秘書とか！」

「冥冥館に秘書は同伴しないでしょう。連れていくとしたら愛人です」

「まさか、愛人役をするっていうの？」

「そのつもりでした」

アリス曰く、冥冥館では自らの愛人を連れていき、自慢する者も多いという。また、愛人を連れていることで仲間意識を深め、交流していくのだとか。

「本当、ばかばかしい施設だよねえ」

「返す言葉が見つかりません」

変装用のドレスも、まりあのためにアリスが用意していた物を借りてきた。鞄を開き、装二郎に見せてみる。

「こちらの深紅のドレスなんか、愛人らしい装いだと思うのですが」

「うわ。これ、胸元が大きく開いているやつじゃん！　だめだよ。絶対にだめ！」

「そう言われましても」

鞄の中のコハルが、心配そうな目で見上げてくる。ここで、まりあはハッと閃いた。

「でしたら、コハルを襟巻き代わりに巻いて胸元を隠し、首飾り代わりに清白をかけておいたら、怖がって皆、わたくしを遠巻きにするのでは？」

「え、それ、最高の作戦じゃん！」

このドレスに鬘《かつら》を合わせ、顔に色付きの眼鏡でもかけたら、変装は完璧だろう。

「装二郎様はどうなさいますか？」

「う――ん。タキシードに異国風の外套を合わせたら、それっぽく見えると思う」

なにかあったときのために、と装二郎は百貨店に行ったあの日以来、洋装を買い集めていたらしい。

「まりあと出かけるときに着ようと思っていたのに、まさか潜入調査で使うことになるとは。人生、なにが起こるかわからないものだね」

本当に、とまりあは頷きながら装二郎の話を聞く。

「しかし、わたくしとお出かけすることに変わりはありませんよね？」

「楽しい場所に行きたかったんだよ。冥冥館なんて、近づきたくもなかったのに！」

「それは同感です」

なにはともあれ変装の方向性が固まったので装二郎とまりあは今宵、冥冥館へ向かうこととなった。

「そんなわけだから、今のうちに寝だめでもしておこうか！　僕、寝不足で」

「装二郎様、昨晩は眠れなかったのですか？」

「そうだよ。昨晩、まりあと一緒に眠る不届き者がいたから」

そういえば、とまりあは思い出す。

「実は昨晩、想定外の事態が起きまして」

「なにがあったの？」

「ベンフィールド伯爵がわたくしに言い寄ってきたので、心配したアリスお嬢様が一緒に眠ってくれたんです」

「なんだって⁉」

怒りに火が点いたのか、装二郎は九尾の狐と化す。狐火を漂わせ、ぐるるると低い唸り声をあげた。

まりあは装二郎の体を抱きしめ、荒ぶった感情が静まるよう優しく背中を撫でる。

「落ち着いてくださいませ、装二郎様！」

「うううう」

座椅子に羽織りがかかっていたので、まりあはそれを装二郎に被せる。自らもその中に入り、彼にまりあだけしか見えない世界をつくり出した。

「装二郎様、しっかりなさってくださいませ！　わたくしは、ベンフィールド伯爵からなにもされておりませんし、されそうになったとしても、二度と立ち上がれないように、急所を思いっきり蹴り上げておりました」

至近距離で見つめているからか、装二郎は目を丸くしているのがよくわかった。つい先ほどまでの獰猛《どうもう》な様子も鳴りを潜め、大人しくなっている。

「わたくしは装二郎様の愛に誓って、貞操を守ります！」

わかったか！　とばかりに、まりあは装二郎を強く抱きしめた。すると、九尾の狐の変化は解けて、人の姿に戻る。

「本当に、僕って情けないな。狭量《きょうりょう》で、まりあのことになると、自分の力を抑えきれなくなってしまう」

「装二郎様、大丈夫ですわ。そういうときは、わたくしがお止めしますから。装二郎様も、わたくしが暴走しかけた際は、きちんと制止してくださいね。それが、夫婦ですから」

まったく同じ能力《もの》を持つ者同士なんて、この世に存在しない。完璧でないからこそ、家族となって支えあうのだ。

まりあは装二郎に訴える。

「わたくしがそつがないように見えるのは、装二郎様が持っていないものを持っているからですわ」

しかし、まりあは装二郎みたいに柔軟な考えは持ちあわせていないし、知識も彼に比べたら乏しい。彼の持つ飄々《ひょうひょう》としていて、摑みどころがない部分も神秘的ですてきだと感じていた。

「装二郎様みたいに振る舞えたら、世の中をうまく渡っていけるだろうな、と考えた瞬間は一度や二度ではありませんので」

「そうだったんだ」

　基本的に、まりあは思っていることはなんでも口にするし、隠し事も下手だ。猪突猛進が擬人化したようだ、と女学生時代、教師から言われたこともある。

　幼少期、剣道を習う男子に交じって木刀を振り回していた記憶もあり、その当時のあだ名は猪娘だった。

　一方で、装二郎は洞察力に優れ、慎重な振る舞いをする。なにか思っても口にしないことが多い。

　静かに佇む様子は美しく、慎み深い。香道を嗜んでいて、いつもいい匂いがする。

　もしも彼が山上家の予備でなければ、結婚を望む者が数多く現れただろう、とまりあはついつい想像してしまった。

「まりあ、どうかしたの？」

　至近距離に装二郎の顔があり、思わず後退しそうになる。

　九尾の狐の姿のときは平気でも、人間の姿だと照れてしまうのだ。

　今、真の夫婦になるため心と心の距離を縮めている最中なので、物理的にも離れないほうがいいだろう。まりあはぐっと奥歯を噛みしめてから、装二郎に語りかける。

「わたくし達は、互いに持っていないものを羨ましく思っているようです」

　夫婦なのだから、欠けている部分は補えばいい。それだけだとまりあは心に決めていた。

「まりあがそういうふうに考えてくれていたなんて、知らなかった」

「どう感じていると、思っていましたの？」

「なんだろう、可哀想だな、という同情から今でも一緒にいてくれるんだって」

「それは誤解ですわ」

ただの同情心から人生の伴侶を決めるわけがない。

「いや、初めて出会ったときも、困窮しきっているまりあが逃げられないような条件を出して結婚を迫ったから」

「あのとき困っていたことはたしかでしたが、それでも、わたくしは装二郎様を選んだのです」

それまで親しくしてきた人は、まりあのことを久我伯爵家のまりあ、としてしか見ていなかった。けれども装二郎は、まりあの内面を知り、結婚してほしいと言ってきたのだ。それが、当時のまりあにとってどれだけ嬉しかったか。思い出すだけで感極まって、言葉にできない。

「とにかく、わたくしと装二郎様との仲を引き裂く者は絶対に許しませんので、どんな相手であっても、最後まで戦う所存です」

「まりあ、ありがとう」

装二郎はまりあを引き寄せ、優しく抱きしめる。

温もりが心地よくて、まりあは静かに身を委ねたのだった。


夜――装二郎とまりあは変装し、冥冥館へ向かった。

冥冥館は帝都の歓楽街にあり、すでにその通りを多くの男女が密着して歩いている。

「なんて下品な場所なのでしょう」

「まあまあ、落ち着いて」

仕立てのいいタキシードに、鳶外套《インバネスコート》を合わせた恰好をした装二郎は、キザな成金商人といった雰囲気をつくっている。

一方で、まりあは胸元が開いた深紅のドレスに身を包み、コハルを襟巻きに、清白を首飾りのように下げている。青い瞳は色付きの眼鏡で隠していた。

少々個性的すぎるだろうか、と心配していたが、周囲にはまりあに負けないくらい派手な出で立ちの女性がたくさん歩いていた。

今回、潜入するときの名前は決めてある。装二郎は太郎《たろう》、まりあは花子《はなこ》。

「太郎様、冥冥館はまだですの？」

「花子、もうすぐだよ」

互いの偽名を呼びあいながら進むと、歓楽街の中心に、冥冥館はあった。

「ここが、冥冥館――」

冥冥館は赤煉瓦の二階建ての建物である。元は公娼館だったらしく、その佇まいはどこか淫靡《いんび》にも思える。

会員の招待状が必要だが、装二郎は知り合いの伝手を使って入手したらしい。入り口で招待状を見せると難なく内部へ潜入できた。

冥冥館の内部は薄暗く、洋風の机や椅子が並べられていた。女給が忙しなく行き来しており、飲み物や料理を運んでいる。

表向きは飲食店として営業しているのだろう。おそらく二階に個室があって、男女が逢瀬を重ねているにちがいない。

普通の飲食店とは異なり、どこか怪しい雰囲気があるのは、むせ返るような強烈な匂いのせいか。なにか香でも焚いているのか。まりあは少し煙たく感じてしまった。

「太郎様、このきつい匂いはなんですの？」

「これは夷蘭《いらん》……異国の花かな？　たしか、鎮静効果があった気がする」

自分の好きな香りではない。そう思い、装二郎に密着して彼の匂いを嗅いで、気持ちを落ち着かせる。

「そういえば、催淫《さいいん》作用もあったような。あまり吸わないほうがいいよ」

「なっ――!?」

とんでもない場所だ、とまりあは口にしそうになったが、すぐそばを人が通りかかったので口を噤む。

すれちがったその顔に、まりあは見覚えがあった。

銀髪に赤い瞳の美貌の男、ウィリアム・バーティーン。

透き通るように白い肌はこの世に存在しているのか疑いたくなるほど、浮世離れしているように見えた。

微笑んだときに覗いた鋭い犬歯を目にした瞬間、記憶が甦る。

彼のその姿はまるで、まりあが幼少期に読んでもらった、物語に登場する化け物のようで――。

「花子、どうかしたの？」

装二郎の声でハッと我に返り、思考を心の奥底に押しのける。周囲の者達に聞こえないように、装二郎の耳元で囁いた。

「太郎様、彼です」

「んん？」

装二郎は珍しくまりあから距離を取るように離れ、耳を押さえる。

「どうかされたのですか？」

「いや、熱い息が耳にかかったから、妙な気になりそうで」

薄暗い中でよくよく目を凝らすと、装二郎の瞳は潤んでいた。頬に触れると、熱くなっているような気がする。

「太郎様、熱があるようですが」

「いや、これはたぶん、夷蘭の香りのせいだと思う」

「え、それって、どういうことですの？」

「なんか、むらむら――」

「わかりました！」

催淫作用を含む香りの影響を、装二郎はこれでもかと受けているらしい。

彼は自ら香を調合できるほど嗅覚に優れている。まりあとは比べものにならないくらい、鼻が敏感なのだろう。

「うう、なんか、目の前がぼんやりしてきたー」

「太郎様、しっかりなさってくださいませ」

まりあは思いっきり、装二郎の背中を叩く。バン！　と景気のよい音が鳴った。

「うぐっ!!」

効果は絶大だったようで、装二郎は我に返った様子だ。

「いかがですか？」

「いや、とてつもなく効いたよ。その、ありがとう」

「それはようございました」

装二郎の潤んだ瞳には涙が浮かんでいたが、先ほどのような熱っぽさはなくなっていた。もう大丈夫だろう。まりあはホッと安堵する。

コハルや清白にも大丈夫か、と確認してみたが、とくに影響を受けているようには見えない。清白に至っては、完全に眠っている。

「僕の背中、手形がくっきりついているかも」

「帰ったら、確認してさしあげます」

「あ、ありがとうね」

本当についていたら申し訳ないと思いながらも、今はウィリアムについて集中する。

彼は広間のほうに移動し、長椅子と机がある一角を占拠していた。周囲にはたくさんの男女がいて、楽しく談笑しているように見える。

「わたくし達も、彼に近づいてみましょう」

「了解」

ごくごく自然に見えるように、装二郎とまりあはウィリアムに接近する。

まりあは長椅子に腰かける女性らに視線を向ける。

並んでいるのは華族令嬢には見えない、派手な出で立ちの女性ばかりだった。顔を確認しても見覚えはなく、所作を見るに、一般家庭で育った女性のように感じた。

てっきり、ウィリアムは花嫁候補を冥冥館に連れ込んでいるものだと思っていたのに。まりあは出鼻をくじかれる。

聞き耳を立てていると、ウィリアムは帝都で流行っていることについて知りたいようだった。装二郎はそばにいた男性に、ウィリアムについての質問を投げかける。

「彼は毎日ここにいるのか？」

「みたいだね。ここの常連からは『冥冥館の帝王』って呼ばれているんだ」

なんでも日中は姿を見せず、夜間のみ現れるために、そのように囁かれるようになったらしい。まりあは、ウィリアムが夜な夜な遊び歩いているという話をアリスから聞いていた。どうやら、行き先はこちらだったようだ。

「彼、本当にすごいんだ。傷を負っても、すぐに治る体質らしくて」

「傷がすぐ治る？」

「ああ。この前もここで乱闘騒ぎを起こしたとき、手を深く切ったんだが、翌々日にはきれいさっぱり治っていたんだよ」

そんなこと、人の身でありうるのだろうか。まりあは訝しむ。

途中で、ウィリアムに料理が運ばれてくる。なんでも、ウィリアムは美食家としても有名らしい。とくに、ここ冥冥館のビフテキはお気に入りだという。

ウィリアムが注文したビフテキを器用に切り分ける様子を見ていたら、肉の断面が真っ赤だったのでまりあはギョッとした。持ち上げると、血が滴りそうなくらいである。異国の地ではよく焼かずに食べることが主流だと、まりあは聞いた記憶があった。けれども、あまりにも生焼けなのではないか、と心配してしまう。

ウィリアムは実においしそうにビフテキを頬張る。

その瞬間、近くにいた女性が熱い息を吐いた。

「あの少し尖った犬歯、神秘的だわ」

そばにいた女性陣も頷いている。まりあは少し尖ったどころか、牙のようだという印象を受けた。犬歯にしては尖りすぎている。

だから先ほど目にしたときも、違和感を覚えたのだ。

「太郎様、あの犬歯についてどう思いますか？」

「う〜ん。たまに、ああいう犬歯が尖っている人を見かけるけれど、近くで見てみないとわからないなぁ」

妖狐や化け猫などの、変化を得意とするあやかしは、細部までこだわり人間に擬態する。牙だけそのまま、というヘマはしない。異国人の歯並びについてもまりあは詳しくない。この問題については、ひとまず保留とする。

取り巻きの女性のひとりが、ウィリアムの流暢な言葉遣いを絶賛する。

「異国のお方は我が国の言葉なんて喋れないのに、堪能なので驚きました」

「言葉は、祖国に留学していた帝都出身の女性に習ったのですよ」

ウィリアムが話す言葉は品があってやわらかい。発音もきれいである。

おそらくだが上流階級の女性が教えたのだろう、とまりあは推測する。

「私達は将来を誓っていたのですが、残念なことに、彼女の家族に引き裂かれてしまったのです」

ウィリアムは額に手を当てて、大げさな様子で落ち込む素振りを見せた。

「帝都に来て知ったのですが、彼女はとても身分が高く、自分の意思で結婚相手を決められるようなお方ではなかったのです」

いったい誰だったのか、という質問に、ウィリアムは首を横に振った。

「私は二度と、彼女の名を口にしないと心に決めています。少しでも言ってしまったら、愛おしさがあふれ出てしまいそうで」

大げさな物言いだからか、まりあは胡散臭く感じてしまった。

女性との恋の話さえ、本当かわからない。だが、周囲の女性達はウィリアムの言葉を信じ込み、うっとりしていた。これも夷蘭の香りがそうさせているのか。

「そんな私を気の毒に思ったのか、帝都の外交官が花嫁候補を提示してくれまして。私は今、どの女性が私の花嫁としてふさわしいか、考えているところなんです」

事件の核心に迫るような発言を耳にし、まりあの胸が早鐘を打つ。

詳しく聞きたいと思い、ついつい身を乗り出してしまった。

それがいけなかったようで、悪目立ちしてしまう。

「おや、そちらにこんなに個性的ですてきな女性がいたなんて気づきませんでした」

ウィリアムはまりあをじっと見つめるだけでなく、立ち上がって近づいてきた。

「狐の襟巻きに蛇の首飾りなんて、斬新ですね」

ウィリアムが手を伸ばすのと、装二郎がまりあを引き寄せるのは同時だった。

「ん？」

それでも、ウィリアムはまりあに触れようとしたが、ここで清白が動く。

ウィリアムの指先に向かって、舌をちょろっと出したのだ。

蛇が本物だとウィリアム以外、周囲の男女は思っていなかったようで、悲鳴をあげつつ散り散りになり、場が騒然とした。まさか、気づかれるとは。やはりただ者ではないとまりあは思う。一方で、ウィリアムは平然とした様子で、楽しげに瞳を細める。

「はは。やっぱり蛇は本物でしたか。狐はどうかな？」

さらに触れようとしたその手を、装二郎が弾いた。ぱちんと音が鳴り、ウィリアムは少しだけ目を見張る。

「君のパートナーは少々嫉妬深いようですね」

「わたくし、愛されていますの」

「羨ましいな」

変な恰好でいたせいで、ウィリアムに目をつけられてしまった。もっと無難な変装にしておけばよかった、とまりあは後悔に押しつぶされそうになる。

ウィリアムはまりあを見つめ、首を傾げている。

「まだ、なにか？」

「いや、君とはどこかで出会っていたような気がして」

彼の記憶は正しい。まりあとウィリアムは一度舞踏会で目が合っている。あのとき、真っ赤な瞳を見てぞっとしたことを思い出した。

ここで装二郎が口を挟む。

「どこかで出会っていたなんて、とてつもなく時代遅れの口説き文句だね」

「そう捉えられてしまいましたか。本当に、嘘偽りなく、どこかで会ったことがあるような気がしただけなのですが。愛しい彼女にちょっかいをかけてしまって、申し訳ありません。魅力的な女性だったので、つい」

装二郎はキッとウィリアムを睨み、まりあを強く抱きしめる。

「あなたは花嫁候補と仲良くしたほうがいい。今日はここにいないの？」

「こんなところには、とてもじゃないけれど連れてこられないよ」

ウィリアムは花嫁候補とここを訪れたことはないらしい。では、被害に遭った東雲きくはいったいどこで事件に巻き込まれたというのか。謎はさらに深まった。

彼に近づきすぎてしまった。装二郎とまりあはひとまず、距離を取る。

「食事をしにきたので、また。ごきげんよう」

「ああ、また、どこかでお会いできたら嬉しく思います」

ウィリアムと別れ、適当な席に腰かける。

机の上にあった品目表を開いて見てみると、異国料理の数々が書かれていた。

「花子もビフテキ、食べる？」

「あんな血が滴るようなビフテキなんて、食べられる自信がありませんわ」

「僕も」

店員は忙しそうにしており、注文を取りにくる気配はない。怪しい店なので、飲食しないほうがいいだろう、という意見でまとまった。

「では、わたくしの具合が悪くなった、というていで帰ることにしましょうか」

「いいね」

まりあは渾身の演技で、体調不良になった様子を演じ、店員に断りを入れる。

そのまま装二郎はまりあを支え、冥冥館を出る。怪しまれることなく、脱出に成功した。

思いがけず、ウィリアムと接触してしまったからだろうか。本当に具合が悪くなってきた。隠していているつもりだったのに、装二郎にバレてしまう。

「まりあ、顔色が悪いけれど、大丈夫?」

「ええ……。少し人に酔ってしまったようです」

「だったら、これを嗅いでおけばいいよ」

装二郎が胸ポケットから取り出したのは、小さな匂い袋だった。

「薄荷と柑橘を混ぜてつくったものなんだ。吐き気や胸のむかつきが緩和されるよ」

「ありがとうございます」

爽やかな香りの匂い袋を嗅いでいると、少しだけ気持ち悪さが治まってきた。

「どう?」

ぐっと装二郎が近づいた瞬間、彼の白檀の香りが鼻を掠めた。やはりこの香りが一番落ち着く。そう思ったまりあは、装二郎の胸に身を寄せた。

「え、大丈夫?」

「こうしていると、楽になります」

「あ、そうなんだ。だったら、好きなだけしているといいよ」

「ありがとうございます」

そのままでいると、気分がよくなってきた。匂い袋よりも、装二郎の香りが効果てきめんだったらしい。

しばし馬車に揺られながら静かに過ごしていたのだが、装二郎がぽつりと零す。

「そういえば、被害者の東雲きくさん、だっけ？」

「ええ。彼女がどうかしたのですか？」

「いや、彼女、前に何者かに噛まれて血を吸われたような痕があったって言っていたよね」

「――っ!!」

ウィリアムから情報収集することだけに夢中で、すっかり失念していた。

彼は生焼けのビフテキをおいしそうに食べていた。その口元には、牙のような鋭い犬歯が覗いていたのだ。

「バーティーン子爵は普段、食用肉から血を得ている、というわけですの？」

「そんなふうに見えたよね」

やはりウィリアムが犯人なのか。まりあは震えが止まらなくなる。

それと同時に、まりあが幼少期に覚えがあった化け物について思い出した。

若い女性を襲って血を吸う化け物――〝吸血鬼〟！

ただ、記憶が曖昧だった。一度、実家に行って調べたほうがいい。

「ひとまず、アリスお嬢様にご報告しなくては」

「そうだね。彼に関しては、近しいベンフィールド家の人達に少し話を聞いてから再調査したほうがいいかもしれない」

「ええ、わたくしもそう思います」


帰宅後、まりあはアリスへの報告書と共に手紙を認める。

そろそろ休もうか、と思っているところに装二郎がやってきた。

「まりあ、まりあ、大変だ！」

その切羽詰まったような声に驚き、装二郎の様子をうかがうと、頬を赤く染め、瞳を潤ませていた。熱があるのではないか、と額に触れようとしたら、装二郎はまりあの手を避ける。その動作に覚えがあった。

「装二郎様、まさか、また夷蘭の香りにやられているのですか？」

「そ、そうなんだ」

寝間着に着替えようとして、装二郎は服の香りを吸ってしまったらしい。

「どうしてそのようなことをなさったのですか？」

「いや、煙草臭いような気がして、つい」

服に付着していた夷蘭を思いっきり吸い、酩酊したように視界がぐるぐる回っているようだ。

「まりあ、さっきみたいに、背中を力いっぱい叩いてくれない？」

「一日に二回も衝撃を与えたら、内出血してしまうのでは？」

「それでもいいから」

装二郎はふらふらとまりあの部屋に入り、浴衣を脱いで背中を見せる。

「こ、これは――！」

信じがたいことに、装二郎の背中には、くっきりと赤い手形がついていた。それだけでなく、若干紫色に染まっているように見える。

「あ、あの、装二郎様、申し訳ありません。すでに内出血しているようです」

「やっぱり？　なんか、若干だけどじくじく痛むような気がしたんだよね」

「お薬を塗ります」

部屋に置いていた救急箱から、打ち身用の塗り薬を手に取り、指先で掬う。装二郎の背中にそっと塗布したのだが、彼は苦悶の声をあげた。

「まりあ、僕に触れてはいけない！」

「な、なんでですの!?」

「むらむらす――」

「そうでした！」

なるべく離れなければならないのに、この状態の装二郎を放っておくわけにもいかない。まりあはどうしたものか、と考え込んでしまう。

「今宵は装二郎様のおそばにいたほうが、よいかと思います」

「だめだめ！　うっかり君を襲ってしまったら、絶対に後悔するから！」

「べつに、この先夫婦になるので順番が前後するのもかまわない気がするのですが」

「やだやだ！　自分の気持ちが制御できない中で、交わしたくない！　それに、乱暴になってしまうだろうから。そういうのは絶対に嫌だ」

想定していた以上に装二郎はまりあを大切に思い、初夜を重んじようと考えていてくれたらしい。

本人が望んでいないのであれば、まりあも体を許すわけにはいかなかった。

ただ、今の状態の装二郎を放置できない。

「どうしましょう」

「だったら、手首を縄で縛って。そうしたら、なにもできないから」

「かしこまりました」

まりあは髪を結っていた紐をするりと解き、目にも留まらぬ速さで装二郎の手首をきつく縛る。

「うわ、仕事、早すぎる……」

「手首は痛くありませんか？」

「いや、絶妙だね。解けない強さで縛っているのに、まったく痛くない」

まりあはコハルに命じ、布団を持ち込んでもらい、装二郎に勧める。

「今日はわたくしの部屋で、お眠りになってください」

「まりあ、それは拷問だよ」

「お疲れになっているでしょうから、横になったら眠れるはずです」

「そうだといいね」

抵抗するような態度を見せていた装二郎であったが、まりあが言っていたとおり疲れていたのだろう。すぐに、深く眠ったようだ。

まりあもコハルや清白に囲まれ、眠りに就く。

こうして、装二郎とまりあの長い夜は幕を閉じたのだった。


翌日、アリスから返事が届く。

手紙にはまりあの活躍を労い、ウィリアムについてはベンフィールド家のほうで調査すると書かれてあった。

調べるのに二、三日かかるというので、その間、休んでおくようにとある。

昨日は慣れていない変装や演技をしたので、まりあ自身も疲れ果てていた。

アリスの好意に甘えることにする。

今回の調査で、事件が解決へ向かいますように、と祈るまりあであった。

第三章 契約花嫁は、事件の核心に迫る

——事件の真犯人は、本当にウィリアムなのか。

銀色の髪に赤い瞳、牙のような犬歯を持つ彼が、血が滴るようなビフテキを好んでいる。被害者であるきくは、ウィリアムの花嫁候補。

彼が噂になっていた鬼なのだろうか。それとも、吸血鬼なのだろうか？

調べれば調べるほど、怪しいとしか言いようがない。

今はアリスがウィリアムについて詳しく調査している。彼女からの連絡を待つしかないのだ。

装二郎が、実家に戻って気分転換でもしてくればいい、と勧めてくれた。一緒に行こうと誘ったものの、いろいろやることがあるようで、珍しくひとりで楽しんでくるように言われてしまう。

ちょうど吸血鬼について調べたいと思っていたところだった。

お言葉に甘えて、少しだけ実家に帰ることにした。

コハルは鞄に変化し、その中に眠っている清白を入れた。

蛇入りの鞄を持ち歩いている者など、帝都中を探してもまりあくらいだろう。

装二郎が買ってくれた白藍《しらあい》色のドレスに袖を通し、髪は三つ編みにして後頭部で留めておく。化粧を薄く施し、姿見で全身を確認する。なかなかいい感じではないか、とまりあは自画自賛した。

出かける前にウメコがやってきて、風呂敷の包みを差し出してくる。

「まりあ様、こちらをお土産としてお持ちくださいませ」

「あら、なんですの？」

「ぴっちぴち、獲れたての鯨肉です。まだぴくぴく身が動いているんですよ」

「ウメコ、あなた……」

「はい、嘘です」

ウメコが嘘を自ら申告してくるなど、初めてだった。まりあは噴き出しそうになるのをこらえつつ、風呂敷の中身が本当はなんなのか問いかけた。

「こちらは牛肉です。いいお肉が本家から届いたのですよ。氷も入れましたので、ご安心くださいませ」

「ありがとう」

まりあの母は牛肉が大好物だ。きっと喜んでくれるだろう。

「ではウメコ、いってまいります」

「はい！　いってらっしゃいませ！」

馬車に乗り、久我家を目指す。

先触れなくやってきたのだが、執事や使用人が恭しい態度で出迎えてくれた。

「お帰りなさいませ、まりあ様」

「ただいま。お母様はいらっしゃる？」

「ええ。お部屋で本を読まれているようです」

「そう、ありがとう」

勝手知ったる我が家なので、使用人の誘導がなくとも、まりあはどんどん進んでいく。母の部屋の前で、声をかけた。

「お母様、まりあです」

すると、アンナが扉から顔を覗かせる。

「まあ！　まりあ様、いかがなさったのですか？　もしや、旦那様とケンカをなさったのでしょうか？」

「ちがいますわ。装二郎様が、たまには実家で気分転換でもしてくるようにと言ってくださったのです」

「そうだったのですね」

続けてまりあの母も迎えてくれる。

「先に知らせてくれたら、あなたの好物を料理長に用意させたのに」

「お母様、わたくしはここにやってくるだけでとても嬉しいのです」

「あら、そうなの？」

「ええ」

土産として持ってきた牛肉を渡すと、喜んでくれた。

「牛肉、最近は入手しにくいと聞いているから、嬉しいわ」

帝都では異国からの客人用にほとんどの牛肉が確保されているという。そのため、華族であってもなかなか手に入らないようだ。

ここで、生焼け状態のビフテキを食べていたウィリアムの様子を思い出す。

「お母様は、ビフテキはどれくらいの焼き加減がお好みですの？」

「私は、そうねえ。しっかりと火が通った状態かしら？」

「異国の地では、血が滴るくらいの焼き加減を好む人もいるのでしょうか？」

「いいえ。そんな焼き方で食べている人なんて見たことがないわ」

つまり、ウィリアムの食べ方は異様というわけである。

「どうして？」

「いえ、そういうふうに召し上がっているお方を見かけたものですから、気になってしまって」

「よほど、牛肉がお好きなのね」

一般的な日本人であれば腹を壊すのが恐ろしくて、中心部までしっかり焼くように頼むらしい。思いがけずビフテキの焼き加減に関する情報を入手できてまりあは満足する。

「今日はアンナと読書をしていましたの？」

「読んでいるのはアンナだけよ。私は詩を考えていたの」

以前、まりあが勧めた読書に、アンナは見事に嵌まっているらしい。

侍女から本を借りたあと、面白かった本は購入し、何度も読んでいるようだ。

「今日はその本を奥様にお貸ししようと思って、持ってきたんです」

「アンナが勧める本は難しい内容ばかりで、私には読めないわ」

「今回は珍しく、恋愛ものの作品なんです」

アンナは自信ありげな様子で、風呂敷に包んでいた本を見せてくれた。

「こちら、『吸血鬼伯爵の恋慕』というもので、今、女性の間で大流行している本なんです！」

吸血鬼についての本を見た瞬間、まりあはハッとなる。これについて、知りたかったのだ。まりあはすぐさま、母に質問を投げかける。

「お母様、この本、わたくしが子どもの頃に読んでいませんでした？」

「ああ、吸血鬼の本ね。これではないけれど、吸血鬼が出ている本なら読み聞かせした覚えがあるわ」

まりあは本を手に取り、ぱらぱらとページをめくって読む。

吸血鬼というのは、異国では、一度死亡した者が年若い女性の首筋に噛みつき、死ぬまで血を吸うという恐ろしい存在らしい。この国で言う、あやかしのような存在なのだとか。

「ということは、お母様の祖国には吸血鬼が存在するのですか？」

「ええ。実際に姿は見せないけれど、人の世に紛れて生きているという話だわ」

母の故郷では昔から、全身の血を抜かれて息絶えた死体が発見されることがあった。そういった不可解な死を遂げた者は、吸血鬼に襲われたのだと囁かれていたという。

「吸血鬼の恐ろしさを記録した実話を基に書かれた本が流行っていて」

母の故郷の人達も幼少期、怖いもの見たさで吸血鬼の本を読んでいたようだ。

「親に読まないように、って言われれば言われるほど気になってしまって、最終的に読んでしまうのよね」

アンナが勧める『吸血鬼伯爵の恋慕』は怖いだけではなく、恋愛描写に力を入れた内容らしい。

「吸血鬼が貴族令嬢に恋をし、血を吸いたいけれど吸ったら彼女を殺してしまう、という狂気と純愛の中で揺れ動く壮大な恋愛ものなんです！」

アンナ曰く、彼女が好む恐怖と戦慄要素もありつつ、情熱的な恋愛模様が描写されており、非常に楽しめる一冊になっている、と。

「吸血鬼は太陽の下に出ると灰になってしまうのですが、夜しか会えないというのも、なんだか切なくって」

恋は障害があればあるほど、熱く盛り上がる、とアンナは恋する乙女のような表情で語る。

「そういえばまりあ様、中の挿絵に描かれた吸血鬼が、帝都にやってきた異国人にそっくりだって話題になっているのをご存じですか？」

アンナが開いた挿絵のある頁を目にして、まりあは思わず叫んでしまった。

「ウィリアム・バーティーンですわ!!」

まりあの母とアンナはぽかんとしていた。

今、この瞬間、散り散りになっていた情報がひとつになる。

華族女性を標的にし、次々と襲っていた鬼というのは、やはり吸血鬼のことだったのだ。その証拠に、物語に登場する吸血鬼とウィリアムは、生肉や美女を好む点もそっくりだ。また、吸血鬼は昼間に活動できないというが、『冥冥館の帝王』と呼ばれているウィリアムも夜の活動が活発である。

「アンナ、こちらの本を、しばらく借りてもよろしくって？」

「ええ、どうぞ」

「ありがとう」

まりあは母に深々と一礼し、帰宅することを告げた。

「また、後日ゆっくりまいりますので」

「あら、もう帰るの？　なにがあったのか、よくわからないけれど、無理はしないでね。なにか迷うようなことがあったときは、装二郎さんに相談するのですよ」

「承知いたしました」

まりあは実家をあとにし、大急ぎで帰宅する。


「装二郎様!!」

部屋に押し入るなり、まりあは装二郎のもとへ駆け寄る。

「うわ、びっくりした。まりあ、実家に戻っていたんじゃなかったの？」

「帰っていたのですが、こちらを発見しまして、急いで戻ってきました」

まりあが持ち帰った吸血鬼の本を見て、装二郎はハッと息を呑んだ。

「装二郎様、吸血鬼についてご存じですか？」

「異国のあやかしみたいな存在でしょう？」

「ええ、そうなんです」

人の首筋に噛みつき、血を吸って殺してしまうおぞましい化け物だ。

装二郎は異国の化け物について書かれた洋書で名前だけは知っていたという。けれども、詳しい生態についてまでは知らないらしい。

「そうか、吸血鬼か……。いや、待って。噂の鬼というのは――!?」

「吸血鬼のことでまちがいないかと」

ウィリアムは流行の本の挿絵に描かれた吸血鬼にそっくりだ、と華族令嬢の間で噂になっていたということを伝える。

「白い髪に血管が透けるほど青白い顔色、真っ赤な瞳に、牙のように尖った犬歯、夜間にしか行動しない……。うん、驚くほど、バーティーン子爵と吸血鬼は特徴が似ている」

血が滴るような生焼けのビフテキを食べていたことと相まって、まりあは確信さえ抱いていた。

ウィリアムの不審な行動の数々も、吸血鬼だと思えば納得である。

「アリスお嬢様に知らせたほうがいいのでしょうか?」

「そうだね。もしかしたら、バーティーン子爵について調査している者の身が危ないかもしれない」

「では、すぐにでも」

立ち上がろうとした瞬間、装二郎はまりあの手をぎゅっと握る。

「待ってまりあ、心配だから、僕も一緒に行く! これで姿は隠しておくから」

装二郎が手に取ったのは、曼珠沙華《まんじゅしゃげ》の模様が透かしで彫られた吊り香炉である。彼はこの香から漂う煙を操り、さまざまな術を使うのだ。

装二郎は香炉を開き、おとし部分に抹香《まっこう》と呼ばれる粉末の香を入れる。抹香の上に焼香を重ね、火を点ける。蓋を閉じしばし待つと、煙が上がりはじめた。

装二郎は鎖部分を握って香炉を揺らし、煙を全身にまとう。

そして、呪文を口にした。

「香の術――煙霧《えんむ》」

瞬く間に、装二郎の姿が消える。姿隠しの呪術だ。

これは煙が無臭なことに加え、気配や匂い、声までも遮断するのだ。

「装二郎様、わたくしはこれから、ウィリアム・バーティーンとアリスお嬢様が滞在している屋敷に向かいます」

返事はないし、姿や気配もない。けれども、装二郎はそばにいる。

ひとりではない。恐れることなどなにもないのだ。そう自分を奮い立たせ、まりあは護身用の仕込み刀の傘を握り、アリスのもとへと急いだのだった。

ベンフィールド家の執事に聞いたところ、ウィリアムは数日もの間、戻ってきていないと不安げに言った。

ホッとしたような、彼が野放しになっていて恐ろしいような。まりあは戦々恐々とした気持ちで、アリスのもとへと向かう。

突然戻ってきたまりあを前に、アリスはヘンリーを床に落としてしまうほど驚いていた。

「あら、マリアじゃない。お休みをあげたのに、もう戻ってきたの？」

まりあはヘンリーを拾い上げ、アリスに差し出しながら事情を話す。

「アリスお嬢様、緊急事態です！　調査を中断してください！」

「どうして？」

「バーティーン子爵を調べるのは危険なんです！　彼はおそらく吸血鬼です！」

アリスは口元を手で覆い、目を見開く。

「ウィリアムお兄様が吸血鬼ですって!?　嘘でしょう？　ど、どうしましょう。調査を依頼した侍女のエミリーが昨日から帰っていないわ……」

「侍女？　調査は従僕に命じていたのではないのですか？」

「そうだったんだけれど、ウィリアムお兄様は女性がお好きだから男相手じゃどうにも情報が引き出せなくって、侍女のほうがいいと思って頼んじゃったの！」

今日の朝、戻らないことに不安になり、従僕のジョンに冥冥館に捜しに行くように頼んだものの、まだ戻ってきていないという。

「これから冥冥館に行ってまいります」

「危険よ！　帝都警察に通報したほうがいいんじゃない？」

「心配なさらず。わたくしは戦いの心得を存じておりますので」

まりあはそう言いながら、傘の仕込み刀をアリスに見せた。

「なっ!?　マリアは、サムライなの？　それともニンジャ？」

「アリスお嬢様、今の時代に侍や忍者はおりませんよ」

「そ、そうなのね」

ここで思いがけないことをアリスは提案する。

「マリア、私も行くわ！」

足が不自由なアリスを連れていくのは危険だ。言いよどんでいたら、さらに懇願される。

「お願い、マリア！　足手まといにはならないから！　ウィリアムお兄様について、真実を知りたいの！」

これほど熱心に頼むということは、まりあが考えていた以上に、アリスはウィリアムを大切に思っているのだろう。切実に訴えるアリスを前にしたら、断ることなどできない。

「わかりました。一緒に行きましょう」

「マリア、ありがとう！」

「では、まいりましょう」

今日は装二郎もいる。なにかあったときは、彼を頼ればいい。

まりあはアリスを連れ、冥冥館へ二度目の訪問をする。

夜間とは雰囲気ががらりと変わり、昼間は寂れた印象だ。昨日が営業日だったので、今日は定休日だ。出ることはできるが、通常、客は入ることはできない。

「ここが冥冥館なのね。人気の施設だっていうけれど、私達が滞在している屋敷のほうがずっとすてきだわ」

「ええ、まちがいないです」

ここは人目を憚《はばか》らずに密会できるという点が支持されている。そのような真実を打ち明けるには、アリスは若すぎた。

冥冥館の出入り口にいる男性に、まりあは声をかける。

「すみません、ここへやってきた男女についてお話を聞きたいのだけれど」

「申し訳ありません。お客様の個人的な事情をお話しするわけにはいかないのです」

「そんなことは言わずに」

まりあは笑みを浮かべつつ、背後に控えていた従僕に目配せする。

すると、従僕は革袋に入った金を男へ手渡した。

「こ、これは」

「心づけですわ。それで、質問に答えていただけますでしょうか？」

「は、はい！」

彼が貰っているであろう月給以上の金を握らせたら、情報を喋るとまりあは確信していたのだ。ちなみに与えた金は国が用意した、怪異保全局の活動費である。そのため、まりあ達の懐はまったく痛まない。

「こちらに、ウィリアム・バーティーン以外の異国人の男女がいらっしゃるはずです。名前はエミリーとジョン、というのですが」

エミリーは昨日の晩にやってきて、ジョンは朝方来たはずだ、と状況を伝える。

男は懐に入れていた手帳を取り出し、なにか調べている。

「エミリーとジョン……はい、おりますよ」

ホッと胸を撫で下ろす。

ここでいないと言われたら、調査が振り出しに戻るところだった。

「ちなみに、ウィリアム・バーティーンもおりますよね？」

「いいえ、彼は昨晩、いらっしゃいませんでした」

ウィリアムは冥冥館にいなかった。ならば、彼はいったいどこにいるというのか。

だがそれよりも今は、エミリーとジョンの行方だ。

「彼らは今、どちらにいますの？」

「二階の部屋でお休みになっています」

「それは、その、それぞれちがう部屋、ということですの？」

「いいえ、ご一緒のようです」

なぜ、彼らが一緒にいるのか。理解できずにまりあはアリスを振り返ってしまう。

「いったいどうしたのかしら？　エミリーを見つけていたということ？　それならば、戻ってきてもいいはずなのに」

なんだか嫌な予感がした。おそらく、待っていても彼らはすぐには現れないだろう。直接、確認に行くしかない。

「ねえあなた、彼らのいる部屋まで案内してくださる？」

「いや、さすがにそれはちょっと」

再度、まりあは従僕へ目配せする。追加の金を男に握らせた。

「……わかりました。では、今から私が扉を開いて内部の様子を確認いたします。部屋は、二階にある桔《き》梗《きょう》の間です」

「ありがとう」

まりあはアリスに、ヘンリーと従僕と共にここで待っているように言う。

「ねえマリア、ひとりで行くなんて危険よ。従僕を連れていって」

「わたくしは大丈夫です。信じて待っていてください」

「そこまで言うのならば、わかったわ」

装二郎がそばにいるから。そう信じ、まりあは冥冥館の内部へ侵入したのだった。

夷蘭の香りがほんのりと残っており、まりあは口元にハンカチを当て、なるべく吸い込まないようにする。

人気のない冥冥館の一階はどこか不気味で、まりあは足早に二階へ駆け上がった。

扉にはそれぞれ花模様が描かれており、その花を部屋名としているのだろう。桜に菊、蓮花に百合、と通り過ぎていくと、桔梗が描かれた部屋を発見する。

まりあは問答無用とばかりに、ドンドンドンと叩いた。

「エミリー様、ジョン様、少しよろしいでしょうか？」

静まりかえった廊下に声が響く。はきはきとした声で言ったので聞こえているはずだ。まりあは扉に耳を近づけ、中の、なにやらぼそぼそと話をしている声を聞き取る。

確実に、ふたりはいる。

「アリスお嬢様がお帰りをお待ちです！」

ここまで訴えても、出てくる気配はなかった。

「仕方がありませんわね」

まりあは足首をぐるぐると回し、息を大きく吸い込んで、吐き出す。そして、回し蹴りを扉に喰《く》らわせた。扉は内側に倒れ、部屋の中から悲鳴が聞こえる。

まりあはずんずんと侵入し、裸で抱きあう男女の姿を寝台の上に発見した。

「どうも、ごきげんよう」

警戒されないよう、満面の笑みを浮かべたのに、エミリーとジョンらしき男女は顔面蒼白である。

「エミリー様と、ジョン様で、まちがいありませんよね？」

どういう状況でこうなっているのか理解できず、まりあがそう問いかけると、ふたりはこくこくと頷く。かすかに震えているのに気づいたまりあは優しさを示す。

「これからお話をしたいので、服をお召しになったらいかが？」

先ほどから、ふたりとも「あ……」とか「う……」しか言わない。

もしや、ウィリアムから呪いの類いを受けているのではないか、と疑ってしまう。

「あの、大丈夫？」

「も、申し訳ありません!!」

ジョンが神に祈るように手と手を合わせ、涙ながらに訴える。

「私達は正式に交際しているのですが、なかなか休みが合わず、いい機会だと思い、このような行為に走ってしまいました！」

「心から反省しております！　ですから、どうか命だけはお助けください！」

「交際？　いい機会？　つまり、おふたりはなにか事件に巻き込まれたわけではなく、単に怠けてここでこんなことをしていた、というわけですの？」

エミリーとジョンは眦に涙を浮かべ、自分達の過ちを認めた。

「なんてことですの……」

聞けばエミリーは昨晩、ウィリアムと親しく、社交界に精通している男性と打ち解け、部屋に連れ込むところまで成功していたらしい。情報を引き出し、酒に酔わせて眠らせたが、エミリー自身も眠気を感じ、朝までぐっすり眠ってしまった。

朝になると相手の男性はいなくなっており、桔梗の間にはエミリーひとりだけが残された。そこに、アリスの命令でジョンがやってきた、というわけである。

ここへ来たジョンは昨晩、相手の男性となにかあったのでは、とエミリーと口論になったが、最終的には仲直り。そして、熱い時間を過ごしたのだという。

盛大なため息をついてしまう。まさかの展開であった。

「アリスお嬢様は、戻ってこないあなた方を心配されていたのに」

「本当に、申し訳なく思っています」

「どうかお許しください」

彼らをどうするか判断するのはまりあではなく、アリスだ。

ひとまず、エミリーとジョンを連れてアリスのもとへ戻る。

罪深いふたりを、アリスは安堵したような表情で迎えた。

「エミリー、ジョン、よかったわ!!」

彼らは神父に罪を告白するように、これまでふたりで時間を過ごしていたことを正直に告げた。

「あなた達が無事だったなら、いいのよ。それに、純愛って尊いものだから」

アリスはあっさりと許す。怒りもせず、処分もしないというのは甘やかしすぎなのではないか、と思いつつも、彼らはアリスの使用人である。まりあが口出ししていい問題ではない。

「エミリーはウィリアムお兄様の知り合いから情報を引き出したんでしょう？　屋敷に戻って、詳しい話を聞かせて」

使用人達は揃って頭を下げる。まりあはその様子を見ながら、彼らの忠誠心はこうして育っていくのだな、と感じた。


帰宅後——エミリーが昨晩聞き出した情報を整理する。

「ウィリアム様と親しくしているお方から聞いた話によると、華族女性のリストの中から結婚相手を探している、ということでしたが、すでに決まっているようで」

「ウィリアムお兄様が決めていたってこと？」

「いいえ。政府側が、その女性がいいと強く勧めているそうです」

ウィリアムがたくさんの女性の中から選びたいと言うので、三十名ほど見繕ったらしい。けれども、本命はただひとりと決まっていたようだ。

「エミリー、相手が誰だか教えてもらった？」

「はい。お名前はたしか、ミヨコ・サイオンジ、だったかと」

まりあはその名前に、聞き覚えがありすぎた。

「ねえ、マリア。ミヨコ・サイオンジってご存じ？」

「え、ええ。一度、舞踏会で挨拶を交わしました」

そう答えたものの、西園寺美代子——彼女とはただ、軽く言葉を交わした程度ではない。華族令嬢が襲撃された事件の犯人は山上家ではないのか、と疑ってきた相手だ。

エミリーはさらに報告を続ける。

「なんでもミヨコ・サイオンジは嫉妬深い性格らしく、ウィリアム様の花嫁候補を呼び出しては、候補を辞退するように、と強要していたようなのです。事件で亡くなったキク・シノノメも、彼女と面会していたそうです」

「なっ——！」

彼女の取り巻きのふたりも花嫁候補だったが、自分たちは諦めて美代子に取り入ることに成功し、美代子がウィリアムとの仲を深める機会をこれでもか、と狙っていたという。

「華族令嬢が次々と襲撃された件は、ミヨコ・サイオンジが誰かを使って犯行に及んだのでは、と話を聞いた男性は疑っているそうです」

――花嫁候補と面会していたのは、美代子のほうだったのだ。

想定外の伏兵である。

これまで、諸悪の根源は吸血鬼であるウィリアムにちがいないと確信していた。まさかここで犯人がひっくり返ってしまうとは、まりあは想像もしていなかった。

美代子の父親である西園寺侯爵は外交長官である。帝都でうまくやっていくため、ウィリアムは美代子の言いなりになっていたのだろう。その点から推測すると、華族令嬢の襲撃事件自体は、ウィリアムの仕業でまちがいない。

しかしながら、裏で糸を引く者がいたとは……。

「これからどうしようかしら？」

ひとまず、行方不明のウィリアムをアリスが捜させているらしい。夜はたいてい冥館にいるというのだが、いないとなると捜索は困難を極める。

「問題はウィリアムお兄様よりも、ミヨコのほうかもしれないわ」

彼女が黒幕であれば、接触は慎重にしないといけない。

こうして美代子の不審な様子に気づくと、舞踏会で彼女がしつこく絡んできた理由がまりあにもわかったような気がする。おそらく美代子とウィリアムの罪を、山上家になすりつけたかったのだろう。

まずは、美代子と近しい者から話を聞くのがよさそうだ。

だが、ここでふとまりあは思い出す。舞踏会の晩、元皇族の従子が美代子についてした発言がどこか、引っかかっていたのだ。おそらく従子は美代子について、なにか知っている。それを先に聞きにいくのも悪くない。

「アリスお嬢様、わたくし、美代子様の情報を握っているであろうお方に、心当たりがございます。話を聞きにいきたいと思っているのですが」

「ええ、わかったわ。いってらっしゃい。気をつけてね」

「もちろんです」

調査をするので数日空けるかもしれない、という申し出も、快く許してくれた。

アリスに見送られ、まりあはベンフィールド家が滞在する屋敷をあとにする。一度装二郎と相談すべく山上家に戻るため、馬車へと乗り込んだ。

御者が扉を閉めたのと同時に、装二郎が姿を隠す香の術を解いた。

「あー、大変だった」

「装二郎様、お疲れさまです」

「いえいえ。っていうか、一日中付きまとうようにそばにいて、うっとうしくなかった？」

「そんなことありませんわ。とっても心強かったです」

アリスの周囲は人が多いので、ぶつからないよう回避するのが大変だったらしい。

「装二郎様の香の術はすばらしいですわね。本当にそばにいるのか、まったくわかりませんでした」

「でしょう？」

おかげで、安心して冥冥館の調査へひとりで行くことができた。

「まりあが扉を蹴り飛ばしたのを見たとき、叫びそうになったよ。まあ、叫んでも聞こえないんだけれど」

「少々、はしたなかったですね」

「いや、僕の妻って恰好いいし頼もしいな、って思ったよ」

回し蹴りで扉を壊す妻を褒めるのは、世界中探しても装二郎だけだろう。彼の心の広さに、まりあは思わず感謝してしまった。

ちなみに扉の修理代は、帰りに出入り口前にいた男に別途渡した。十分足りるだろう。

「それはそうと、ここにきて、新しい容疑者が浮上するとは……」

「衆目がある場で山上家を疑う発言をした理由に納得できました」

ウィリアムと結婚するために、そこまでするのか、と信じがたい気持ちになる。だがしかし、結婚に躍起になっていた過去があるまりあは、十分動機になるのではないか、と思い直した。

「でも侯爵家である西園寺家が少し圧力をかけたら、花嫁候補は辞退するだろうに。どうして、殺してしまったんだろう」

「おそらく、バーティーン子爵への食料提供も兼ねていたのでは……？」

吸血鬼は血を食事とするという。美代子はウィリアムの妻として、血を提供できると主張したかったのではないのか、とまりあは推測していた。

「うーん。でも、食事にしては、血をたくさん吸っている様子がないよねえ」

「たしかに。被害者は襲撃後、意識を保ちつつ帰宅したようですから、命の危機に陥るほど血を吸われてはいなかったようです」

吸血鬼なのに、十分な血を吸っていないことに関して、いささか疑問である。けれども、ウィリアムは美食家だと言われていた。

「もしかしたら、好みに合う血しかたくさん口にしないのかもしれません」

「なるほど。そういう考え方もできるね」

ただすべては推測にすぎない。もう少し情報がいるだろう。

「まずは、美代子様についてなにか知っているようだった、従子様の家を訪問してもいいか、先触れを出してきます」

情報はあればあるほど、告発の際に有利になる。地道な調査が必要だ。

屋敷に帰ってすぐ従子に手紙を送ると、翌日すぐに返信があった。

よろしかったらご主人も一緒に、とあったので、装二郎にも同行してもらう。姿隠しの呪術を使って一緒にいてもらう予定だったので、従子の申し出はありがたかった。

その日のうちにふたりは馬車に乗り、従子が嫁いだという、神田家の屋敷へ向かった。

神田家は軍人系の家系だ。記憶の中に残っている、従子の夫である神田公爵は少々無骨な印象がある。

今日の訪問は神田公爵にも伝わっていたようで、夫妻で出迎えられてしまう。

これは、まりあも想定外だった。

神田公爵は四十半ばくらいか。年の差結婚で、ふたりが想いあって一緒になった、という空気感ではなかった。

「山上殿は、煙草は嗜むのか？」

「いえ、残念ながら」

「そうか。では、撞球《ビリヤード》でもして暇を潰そう」

「び、びり……え？」

「玉突きだ」

「あ、はあ」

装二郎はあっという間に神田公爵に連れ去られてしまう。

まりあを振り返った彼は、市場に売られていく仔牛のようだった。

どうかご武運をと思いつつ、まりあは従子に案内されて客間へ向かった。

従子のあとに続いて侍女や使用人が次々と部屋に入ってくる。壁に沿って並び、従子の挙動を監視しているように見えた。

使用人がいては、深い話などできない。そわそわしているのが従子に伝わってしまったからか、使用人に下がるように命じてくれた。

従子とふたりっきりになると、まりあは話しはじめる。

「従子様、突然押しかけてしまって申し訳ありませんでした」

「いいえ。その、私に質問したいことがあるんですよね？」

まりあの目的を従子はすでに勘づいているようだ。

ならば話が早い。そう確信し、美代子についての質問を投げかける。

「美代子様についてお聞きしたいと思いまして。以前参加した舞踏会で、彼女がわたくしに激しく絡んできたことを覚えていらっしゃいますか？」

「ええ、もちろん」

「なぜ彼女があのような態度を取ったのか、従子様はご存じなのでは？　と思ったものですから」

美代子について聞きたくてまりあがやってきた、というのも想像していたのかもしれない。従子は目を伏せ、静かに話しはじめる。

「それは――たぶんですけれど、美代子様が親しくしていたお方が、例の事件で被害に遭い、亡くなったからだと思います」

想定外の理由にまりあは瞠目する。

舞踏会の日、美代子の発言についてまりあは違和感を覚えた。通常、目上の存在である従子がいる場で、あのように場ちがいな発言をするなどありえない。

美代子のような性格の者は、礼儀を第一に重んじ、家のために正しく在るはずだ。それなのに、山上家が犯人だとばかりに糾弾するような発言を繰り返したのだ。

「美代子様は、ご友人の死が悔しくてあのような発言をされたのですね」

「ええ。そうだと思っていました」

「ご友人の名は、ご存じですか？」

「たしか、飯塚《いいづか》幸子《さちこ》様、だったかと」

その名を耳にした瞬間、まりあはハッとなる。飯塚幸子の名がウィリアムの花嫁候補の名簿にあったのを記憶していたのだ。

大切な友人のためにまりあを糾弾したのであれば、彼女が事件の黒幕という疑惑は晴れるのではないのか。けれども、火のないところに煙は立たないとも言う。

「バーティーン子爵の有力な花嫁候補が美代子様だと風の噂で聞いたのですが、それは本当なのでしょうか？」

「それは――国のお偉方が考えそうなことです。しかし、私はそれが真実かは存じません」

「承知いたしました。従子様、ありがとうございました」

が、話はこれで終わらなかった。今度はまりあが疑問を投げかけられる。

「まりあ様はどうして、美代子様について探りを入れているのですか？」

「それは――」

従子は妙に勘が鋭いところがあるので、隠し事はできない。ここは正直に打ち明けたほうがいいだろう。そう判断し、事情を話す。

「わたくし達夫婦は御上より、華族令嬢が襲撃される事件を調査するよう命じられているのです」

「あ……そう、だったのですね」

やはり、という表情で従子は言葉を返す。

「従子様の証言で、美代子様に対する疑惑は晴れつつあるように感じます。もちろん、なかった。


詳しい調査は行うつもりですが」

ただまりあには、もうひとつだけ、わからないことがあった。

「従子様、なぜ舞踏会の日にこの情報を教えてくださらなかったのですか？」

あのとき誤解を解いてくれたら、まりあは美代子に対し、疑いの目を向けることもなかった。

「それは——ただ、時間がなくて」

従子はまだ、なにか隠している。

まりあが彼女をじっと見つめた瞬間、目が燃えるように熱くなる。

くらくらと目眩を覚え、その場に倒れそうになった。

「まりあ様⁉」

従子がまりあのもとへと駆け寄り、触れた瞬間、まりあの目にある光景が見えた。

——それは、異国の地で寄り添うウィリアムと従子の姿であった。

「大丈夫ですか⁉　まりあ様‼」

気づけば従子が至近距離にいて、まりあの顔を覗き込んでいた。

我に返ったまりあは、もう平気だと言って従子から離れる。

まりあにウィリアムと従子の様子が視えたのは、まりあの持つ異能〝魔眼〟の力。

ということは、先ほど見たのは、従子の過去の記憶だったのか。

寄り添うウィリアムと従子の様子は非常に親密であった。友人の距離でないのは明らかである。

そういえばと思い出す。以前、冥冥館でウィリアムの調査をしたとき、彼はかつての恋人について語っていた。ウィリアムに言葉を教え、将来を誓ったこの国の人がいたと。結婚する予定だったのに、彼女の家族に引き裂かれてしまったのだとも。

その相手は従子だったのだ。

ここではっきりさせておいたほうがいい。まりあは勇気を振り絞って、質問を投げかけた。

「従子様、もしかして、バーティーン子爵と以前、恋人同士だったのですか？」

「なっ――なぜそれを？」

「情報源はお話しできないのですが、嘘か真か、お聞きしたくて」

従子は唇を噛み、まりあを睨みつける。彼女の逆鱗に触れてしまったとまりあは気づいたものの、ここでやめるわけにはいかない。

「お答えいただけないようであれば、神田公爵に同じ質問をいたします」

「どうして夫にそのような質問をするのです!?」

彼女らしくない金切り声に驚きつつも、まりあは冷静に言葉を返す。

「ご存じかもしれませんから」

「夫が知るわけありません！」

過剰な反応は、知っていると言っているようなものだった。

「でしたら、従子様の口からご説明いただけますか？」

「――っ！」

ここまで言えばいいだろう。まりあは腕を組み、従子を見つめた。

先ほどまでは睨むように見ていた従子の勢いが、だんだんとしぼんでいく。苦しげな表情で唇を噛んでいた。異国の地でウィリアムと恋人関係にあったことは、彼女の弱みなのだろう。

ウィリアムは子爵とはいえ、たいそうな資産家だと聞いていた。結婚相手として、十分な益をもたらしてくれるはず。

ただ、従子はウィリアムと結婚できなかった。否、結婚させてもらえなかったのだ。従子は最終的に、親子ほども年が離れた神田公爵と婚姻を交わしたのだが、政略結婚であっても、あまりの年の差にいささか不自然だとまりあは当時から思っていたのだ。

ここで、使用人が大勢いた理由に勘づく。監視されているようだと感じていたが、まさしく、彼らは従子がおかしな行動を取らないように見張っていたのだ。

おそらく、帝都にウィリアムがいるから。

絶対に従子はなにか情報を握っている。

「従子様、苦しかったでしょう。悲しくもあったでしょう。誰かに打ち明けたら楽になると思います。ですから、話してくださいませ」

まりあがそう口にした瞬間、従子は涙をぽろぽろ零す。

突然、彼女は堰を切ったように、自らについて話しはじめた。

「——愚かだったとは、思っています。けれども、恋心だけは、どうにも歯止めがきかなかったのです」

それは、女学校を卒業後、異国に留学したときのこと。

期間はたった三か月だけ。帰国したあとは、幼少期からの婚約者である男性と結婚する予定だった。

護衛や侍女はいたものの、監視の目は普段よりもゆるやかで、従子は異国の地で羽を伸ばしていた。ウィリアムとは、夜に行われた慈善競売会で出会ったらしい。

「とても気さくな男性《ひと》で、異国に不慣れな私に親切にしてくれて、楽しいひとときを過ごしました」

当時、ウィリアムは従子が皇族と知らずに接していたという。冥冥館でも、彼が従子の身分を知ったのは帝都にやってきてから、と話していた。

「そんな彼に対して好意を抱くのに、そう時間はかかりませんでした。ウィリアムも同じ気持ちだと知ったときは、天にも昇るような気持ちで――」

晴れてウィリアムと恋人同士となった従子は、その当時が人生の中でもっとも幸せな瞬間だったと語る。

婚約者がいる身であったものの、従子は彼に純潔を捧げたのだ。

これが最初で最後の恋だとわかっていたし、こうなった以上、帰国しても彼と結婚するしかないだろうと、信じて疑わなかったから。

三か月はあっという間に過ぎ去り、従子は帰国する。

「ウィリアムと別れるのは辛かったのですが、しばしの別れだと自らに言い聞かせました」

両親へ宛ててウィリアムが書いた手紙と共に、帰国した従子は婚約者と結婚できない旨を告げる。純潔を失ったのならば、仕方がないだろう。そう言われると思っていたのに、両親の態度は想定外のものだった。

「父は私を詰《なじ》り、母は私の頬を手痕が残るほど強く叩きました。そして、ウィリアムとの結婚は絶対に許さない、と宣言されてしまったのです」

悲しみに暮れる従子のもとに、婚約者との結婚が破談になったことが侍従長より告げられた。

「当時、部屋に引きこもってばかりいた私を哀れに思い、ウィリアムとの結婚を今度こそ許可してくれるのだ、と信じていたのですが――」

従子に命じられたのは、神田公爵との結婚であった。

神田公爵は十年前に妻を亡くし、長い間独り身だったという。すでに跡取り息子がいるため、子どもも産まなくていい。

「純潔を失った私にぴったりな相手だ、と父は言っていたそうです」

ウィリアム以外の男性と結婚するつもりはない。その縁談を進めるのであれば身投げをするなどと訴え、実際に行動にも移した。

「けれども私は、思いどおりに命を手放せなかった」

従子の周囲には常に人がいて、危険なものはすべて排除された。

逃げ出すこともできず、命を絶つこともできず、従子は暴れ回って抵抗するばかりだった。最終的に従子は部屋に鍵をかけられ、自由を奪われてしまったという。

「すっかり意気銷沈していた私のもとに、神田公爵がやってきて、ひと言おっしゃいました」

――生き恥をさらすのは、もうおやめください。あなたは生まれながらの尊き皇族です。

そのひと言で、従子は自分が今、どのような立場にあるのか思い出した。

「恋に溺れ、皇族であることを忘れていた私は、神田公爵と結婚する覚悟を決めたのです」

それからというもの、従子は神田公爵の妻として、静かに暮らしていた。最初こそ、使用人達は従子にきつい監視の目を向けていたが、それも次第になくなっていった。

「神田公爵の妻として、生涯をまっとうしよう。そう思っていた私のもとに、一通の手紙が届きました」

その書簡には、女学生時代の後輩の名が差出人として書かれていた。

「突然の後輩からの手紙だけでも驚くのに、封筒を開いたら、ウィリアムの手紙が入っていて、さらに驚きました」

ウィリアムの名前で出したら没収されるので、工作をしたのだろう。

後輩の父親は外交官で、祖国と異国の地を行き来していた。そのときに、ウィリアムと知り合いになったのだということだった。

「普通だったら、ウィリアムは帝都に入ることすら許されない立場にあったのですが、どうやら困難だった貿易問題を解決したようで、国賓としてやってくる、と手紙に書かれていたのです」

従子に会いたい、そう書かれていたが、手紙はその場で燃やした。

もう二度と、ウィリアムと会う気はなかったからだ。

だがついに、ウィリアムは帝都にやってきた。

「彼はどこに行っても、噂になっていました」

偶然同じ夜会に参加しても、目を合わせず、他人行儀な態度でいるよう従子は努めていた。

耳を塞ぎたかったのに、ウィリアムは帝都に残って駐在大使になるため、たくさんの花嫁候補が立てられた、という噂話まで聞いてしまう。

自分自身はすでに既婚者であるのに、ウィリアムの結婚話に傷ついていた。早く目の届かない場所へ行ってくれ。そう願っていたが、叶わなかった。

「ついに、彼はとんでもない行動を起こしました」

従子は身寄りのない子ども達を集め、読み聞かせを行っていた。その場に、ウィリアムがやってきて、従子を連れ去ったのだ。侍女がついていたものの、ウィリアムの息がかかった者だったらしい。ウィリアムを止める者はいなかった。

「途中まで彼のもとから逃げようと抵抗していたのですが、ウィリアムは頑なな態度を崩しませんでした。私を連れ、国に帰るとまで言い出したのです」

そこで、従子はウィリアムと決別していなかったことに気づいたという。

「きちんと別れたら、ウィリアムは諦めるだろう。そう信じていたのですが」

ウィリアムは従子が結婚した身でも、共に生きる道を突き進もうとした。

「あなたには花嫁候補がたくさんいる。彼女らを裏切るつもりか、と問いかけたら、彼は信じがたいことを言ったのです」

——君との結婚に邪魔なやつらは、殺してやる!!

「ぞっとしました。同時にもう、優しかった彼はどこにもいないとも悟りました」

ウィリアムは花嫁候補を殺害し、最後に神田公爵をも手にかけると宣言した。

「必死になって彼をなだめて帰宅したのですが、夫に呼び出され——」

従子とウィリアムの密会は神田公爵にバレていたという。侍女のほかに見張りをつけられていたのだ。

「それから私は、使用人達に監視される毎日に戻ってしまいました。二度と、周囲にいる人達を裏切るつもりはなかったのに」

静かに大人しく過ごしていたら、神田公爵はいつか許してくれるはず。

そう信じている従子のもとに、残酷極まりない事件が報じられた。

「華族令嬢が襲撃され、亡くなりました。まさかと思って調べたら、その女性はウィリアムの花嫁候補だったのです」

本当に行動に移すとは、従子も想定外だったという。

「出会った頃は、優しい人でした。それこそ、虫すら殺せないようなお方だったと思います。彼をそうさせてしまったのは、まちがいなく私なんです」

彼を止められるのは自分しかいない。わかっていながらも、依子には監視の目があるのでウィリアムと接触できない。

事件は度重なり、胸が張り裂けそうになる。ウィリアムは帝都警察の捜査を掻い潜っているようで、拘束されたという報道もない。

夜会に参加する中で、従子はようやくウィリアムと接触する。人の耳目があるので、直接は言えない。言葉を選んで遠回しに、バカな行動はやめるように訴えた。

「それが、まりあ様と再会した夜会でした」

それから事件は起きていないものの、前回、まりあがアリスと共に訪問した東雲きくの訃報が流れてきたという。

「もっと早く、私が彼を止められていたら、事件は起こらなかったのに――――！」

「従子様、落ち着いてください」

この話は墓場まで持っていくつもりで、他人に話す気はなかったと彼女は続けた。

「けれども、毎日毎日、苦しくて」

おそらく従子はまだ、ウィリアムを愛しているのだろう。会うべきではないとわかりつつも、思いだけは制御できない。

「それに、被害者に対しても、申し訳なくて」

まりあは震える従子の体をぎゅっと抱きしめる。

「もう二度と、事件を起こさせたりはしません。わたくしと夫が必ず事件を処理し、決着をつけますので」

「まりあ様——どうか、お願いします」

なにもかも解決したら、従子の気持ちも収まるだろう。そう信じて、まりあは立ち上がったのだった。


装二郎が神田公爵から解放され、戻ってくる。

心なしか、装二郎はぐったりしているように見えた。おそらく気疲れしたのだろう、とまりあは想像する。そう思うまりあも重い話を聞き、疲れを感じていた。が、一方で収穫もあり、早く装二郎と話したかった。

「山上殿、楽しい時間でしたな」

「ええ、とっても」

装二郎の返事に苦笑しつつも、思っていた以上に長く滞在してしまったと神田公爵邸をあとにする。

帰りの馬車の中で、まりあは従子から聞いた話を打ち明けた。

「そっか。そんなことがあったんだ」

「神田公爵は、なにかおっしゃっておられました？」

「いいや、まったく！　あの人、ぜんぜん隙がなかったんだよねえ」

従子の結婚相手に選ばれるだけある、優秀な人材なのだろう。

「ただ、年若い娘はどういう物を渡したら喜ぶか、みたいなことは聞かれたかな」

「それは、ごくごく普通の悩みですわね」

「そうなんだ」

厳つい神田公爵であったが、妻である従子を大切に思うよき夫だ、というのが装二郎の印象だったらしい。

「神田公爵夫人も、そういう神田公爵の気持ちに応えようとしていたんだね」

「ええ、そのように感じました」

だからこそ、ウィリアムが差し伸べた手は取らなかった。

「愛しあう夫婦にはなれずとも、家族になろうとされていたのでしょう」

事件を解決し、従子がこれ以上悩まず、苦しまなくてもいいような世の中にしたい。

そのためには、ウィリアムの尻尾を摑むしかない。

「ただ、ひとつ疑問なんだ」

装二郎は顎に手を当てて、しばし考え込むような仕草をする。

「バーティーン子爵と恋人関係にあった神田公爵夫人の話を聞く限り、彼が吸血鬼だと気づいていない印象があるんだけれど」

「そういえば、そうですわね」

従子の話に耳を傾けるのに必死で、ウィリアムが吸血鬼かどうかの証拠を集めるのをすっかり失念していた。

「吸血鬼について書かれた本を読んでみたけれど、彼らの吸血衝動は激しいものらしい。一度飢えを感じると、そばにいる人を見境なく襲ってしまうのだとか」

「なるほど」

異国の地で会ったウィリアムは、虫すら殺せないような優しい男性だった、と従子は言っていた。彼女に吸血衝動を見せないよう、努めていたのだろうか。

「血を得る伝手があったのでしょうか？」

「どうだろう？」

あったとしても、帝都にまで血を持ち込むのは困難だろう。おそらくだが、鮮度の問題もある。

「飢えている状況であれば、バーティーン子爵が花嫁候補を狙って襲うというのは、不自然に思います」

被害者が聖水を恐れる理由についても、なにも情報はなく謎は深まるまま。吸血鬼は十字架を恐れるというので聖水も恐怖の対象だったのだろうか。よくわからない。

ふと、ある可能性がまりあの中で浮上する。

「あの、装二郎様、もしかして、なのですが、バーティーン子爵は吸血鬼ではないのでは？」

ウィリアムは吸血鬼としか思えない行動を取り続けている。けれども、従子の話を聞いている限り、そう感じなかったのだ。

「それは……うん。僕もその可能性を、ちょっと考えてた」

では、なぜ吸血鬼と疑われるような挙動に出るのか。やはり、徹底的にウィリアムを調べるしかない。そのためには、アリスが彼を見つけてくれるのを待たなければ。

「今日のところは、僕達の家に戻ろうか」

「そうですわね。アリスお嬢様のもとへは明日、報告に行きましょう」

帰宅すると、ウメコが出迎えてくれた。

「お帰りなさいませ。そろそろお帰りになるだろうと思いまして、今、大釜にマグマをぐつぐつ滾《たぎ》らせているところでございます」

その言葉を聞いて、まりあはホッとする。これまで張り詰めていた心が、安堵してほぐれたのだ。

「ありがとう、ウメコ」

「え!? あ、あの、マグマではなく、お風呂を用意しておりますので！」

「ええ、わかっているわ。ごめんなさいね。いつもと同じ返しができなくって」

「いいえ、いいえ」

慌てるウメコの様子が可愛くて、まりあはくすくす笑う。

あやかし達もまりあの様子を窺っていた。素直になれない化け猫も、柱の陰からまりあを心配しているようだ。

健気な彼らの存在に心が癒やされる。

平和な我が家に帰ってきて、酷く安心してしまった。


翌日、朝から思いがけない人物が訪ねてきた。

「朝から邪魔する」

「本当、邪魔だよー」

装二郎がうんざりした様子で言葉を返す。やってきたのは装一郎だった。

「お前達のせいで酷い目に遭ったから、文句を言いに来た」

「え？　酷い目？　ざまあみろ——ではなくて、どうしたの？」

「白々しいやつめ」

装一郎はどっかりと腰を下ろし、据わった目で被害を訴えた。

「昨日、山上の本家に、西園寺美代子という女が単独で乗り込んできたのだ」

「美代子様が!?」

まりあは口元を押さえ、驚愕する。表向きは、帝都内にあるここの屋敷を本邸としている。真なる山上家の本邸は帝都の郊外にあるのだ。

「山上家の本邸は結界で隠されているというのに、どうやって美代子様は行き着いたというのですか？」

「あの娘、どうやら呪《まじな》いを無力化する異能を持っているようだ」

しかし本人は異能について気づいておらず、風の噂で聞いた山上家の本邸は別にあるという話を信じ、見事探し当てたのだとか。

「単独で乗り込んできたって、馬車でもけっこう時間がかかるような距離だと思うけれど」

「馬に跨がってやってきたんだ。供もつけずに、まったく呆れたものだ」

なんというすさまじい行動力。まりあは内心感嘆する。

「彼女は華族令嬢が連続で襲撃された事件の犯人を、山上家の者だと思い込んでいた」

東雲きくの訃報を耳にし、我慢できなくなった彼女は、すさまじい形相で帝都警察のもとへ突き出すと騒いだのだとか。

「最終的に俺が応じたのだが、こちらの主張を聞く耳などなかったようで」

美代子は、話が通じないと、強烈な張り手を装一郎にお見舞いしたという。

「あれほど他人の話に耳を塞ぎ、我を通そうとした女は、弟嫁《おまえ》以来だ」

「わたくしは、美代子様ほど猪突猛進ではありませんわ」

「いや、まりあも相当……」

装二郎がなにか言いかけたものの、まりあはひと睨みで黙らせた。

「それで、どうやって西園寺家のお嬢様を家に帰したの？」

「時間をかけて、我が家は関与していないという旨を説明した。最終的には納得し、謝罪したのちに帰っていった」

まりあと装二郎は、思わず拍手してしまう。

一見して短気に見える装一郎だが、家の名誉のため、根気強く話したのだろう。

「お前達がきちんと彼女に話していたら、こういうことにはならなかった」

「いやいや、西園寺家のお嬢様は僕達の手に負えないお方だったんだよ」

「そうですわ。お義兄様だからこそ、彼女を納得させ、帰すことに成功したのではないでしょうか？」

必死になって訴えると、装一郎は満更でもない、といった様子で頷く。

「まあ、なんと言いますか、西園寺家のお嬢様には、あとで僕達から謝罪のお品を送っておくから」

まりあ達も美代子が事件の犯人ではないのか、とさんざん疑っていたのだ。本人に伝わっていないとはいえ、僅かながら罪悪感が残っている。

それに、こちら側にも非があったと認めれば、装一郎の怒りも収まるだろう。

しかしながら、装一郎はまさかの言葉を返す。

「それは必要ない。詫びとして美代子嬢を食事に誘った。こちらにも非があったと、そのときに謝罪しておこう」

思わずまりあと装二郎は顔を見あわせる。

もしや、装一郎は美代子を気に入ったのだろうか。謝るだけであれば、詫びの品を贈るだけで十分なはずなのだが。

深く追及せずに、彼らの関係を見守ろう、と思うまりあであった。

「それはそうと、ここからが本題だ」

「あれ？　怒りをぶつけにきたのはおまけだったの？」

「そうだ」

いったいなんの用事だったのか。装一郎の話に耳を傾ける。

「以前、聖水を恐れるあやかしについて、調べるように言っていただろう？」

装二郎は「あ!!」と声をあげ、頼んでいたのを忘れていた、という表情を浮かべる。

吸血鬼の疑いが出た時点で、犯人はあやかしではないと除外していたからだ。

「なんだ、その、今思い出したみたいな顔は」

「いやいや、そんなことないよ。天下の装一郎様への依頼を、この僕が忘れるわけないじゃないか！」

「調子のいいやつめ」

ため息をつきつつ、装一郎は話を続ける。

「それで、なにかわかったの？」

「いや、お前が言っていたような記述は見つからなかった。ついでに、洋書の化け物関係についても調べたがまったく見当たらない。追加で調べるように依頼があった吸血鬼についても、聖水を恐れるという記録はなかった」

「そう。装一郎、ありがとう」

やはり、犯人は吸血鬼ではないのだ。

「思ったのだが、お前が以前読んだことがあるというのは、あやかしや化け物関連の本ではないのでは？」

装一郎の指摘に、装二郎はぽかんとした表情を浮かべる。

「一時期、別の本も読んでいたではないか」

装二郎が夢中になって読んでいた本――そう指摘され、装二郎はなにかに思い当たったようにすっと立ち上がる。

そのまま、振り返りもせずに駆け出した。

「おい!!　どこに行く!?」

装一郎の問いかけには答えず、あっという間に姿を消してしまった。

「お義兄様のおかげで装二郎様の記憶が甦ったようです。ありがとうございました」

場をつなごうとするまりあの言葉に装一郎は盛大なため息をつく。

「帰る」

「承知しました。では玄関までお送りします」

「必要ない。それよりも、装二郎のもとへ行くように」

「はい、ありがとうございます」

装一郎の見送りはウメコに任せ、まりあは装二郎のもとへ急ぐ。

地下に向かったようで、自室の畳が上がっていた。

まりあも下りていくと、香室の奥から灯りが漏れている。どうやらここにはもうひとつ、部屋があったようだ。扉が開かれていて、装二郎の背中が見えた。

「装二郎様？」

返事はない。きっと、集中しているのだろう。部屋を覗き込むと、本棚にずらりと書籍が並んでいた。どうやら地下にも、書斎を持っていたようだ。

装二郎は角灯を片手に、本の頁をぱらぱらめくっている。まりあが角灯を持ちあげると、初めて存在に気づいた。

「あ、まりあ」

「装二郎様、わたくしが持っておりますので、探してくださいませ」

「ありがとう」

彼が手にしているのは、何冊もの医学書だった。すべて異国語で書かれている。

目にも留まらぬ速さで頁をめくり続け、ついに見つけ、指をさす。

「あった!!」

そこに書かれてあったのは、感染症の一種。

「恐水病……?」

その名のとおり、水を恐れる病気のようだ。

なんでも恐水病の大半は痙攣《けいれん》が原因で嚥下障害を起こす。また、神経が過敏になるからか、水を飲み込むだけでも痙攣を引き起こすきっかけとなるらしい。この痙攣が激痛を伴うので、恐水病患者の多くは水を見ただけで恐れるという。

「恐水病というより、狂犬病といったほうが馴染みがあるかな?」

「あ――!」

それならば、まりあも授業で習った。

「たしか、狂犬病の犬に噛まれて病原菌が体に侵入した際に、罹る病ですよね?」

「うん、そう。ただ今回の場合、被害者が犬や猫に噛みつかれた、という証言はなかったんだよねえ」

「ええ。首筋に噛み痕らしきものはあったようですが、虫刺されみたいに小さな痕だったそうです」

　それに医者が診察したら狂犬病ならその症状だと気づくだろうに、被害者を診た医者は揃って原因不明と言っていた。

「やっぱり、あやかしに襲われたのではないか、って最初に疑ってかかったのがよくなかったのかな」

「思い込みの力、ですか」

「うーん」

　まだ、被害者の状況と狂犬病がうまく結びつかない。

　装二郎とまりあは頭を抱える。

　これだけ調べても、ぜんぜん情報が足りないのだ。

「バーティーン子爵がアリスお嬢様に捕まるのを待つ？」

「いえ、それよりも、もう少し調査したほうがよいと思います」

「なにか当てがあるの？」

「ええ。昨晩から考えていたのですが――」

　情報を握っていそうな人物、それは西園寺美代子である。

「美代子様はお友達が被害に遭い、亡くなったと聞いております。彼女ならば、襲撃されたときの詳しい情報をご存じかもしれません」

まずは先触れを用意しなければならないだろう。おそらく、彼女は礼儀を重んじる女性だから。

「いやー、本家で長時間粘っただけでなく、装一郎に一撃を与えた女性とか、恐ろしいとしか言いようがないな」

「わたくしも、装二郎様には一撃入れておりますが」

「あ、そうだった」

「その節は、申し訳ありませんでした」

「いやいや、僕はあれでまりあを気に入ったようなものだからね。ありがたいくらいだよ」

まりあはその矛盾を指摘しようとしたのだが、やめておいた。

華族令嬢の襲撃事件についての調査は、大詰めを迎えていた。

第四章 契約花嫁は、真実を知る

まりあは装二郎と共に、美代子のもとを訪れていた。

西園寺侯爵邸は帝都で一、二を争うほどの、豪壮な邸宅だ。

事前に話を通していたおかげで、あっさり美代子に会えた。

が、装二郎とまりあを迎えた美代子は装二郎を見るなり、キッと睨みつけてくる。

装二郎は慌てて弁解した。

「僕は装一郎の双子の弟で、装二郎と申します」

「双子……？　ああ、そういえば、そんな話だったわね」

装一郎と装二郎は一卵性の双子で顔はそっくりだが、雰囲気はまるで異なる。まりあは装二郎のことをよく知っていたので、初めて装一郎に会ったときにそこまでそっくりとは思わなかったけれど。

同じ顔でも、佇まいや考え、毎日食べる物、育った環境がちがえば、ちがう人のように思えるから不思議である。美代子も最初に装一郎と濃い絡みをしたからか、装二郎が別人であるとすぐに納得できたらしい。

「それはそうと、聞きたいことってなにかしら？」

「ええ。実はわたくし達、華族令嬢の襲撃事件の情報を集めているのですが――」

まだ途中だったたが、美代子は机を勢いよく叩き、立ち上がって吐き捨てるように叫んだ。

「私はこれ以上、事件に関わるつもりはないわ！」

「美代子様、あなただけが頼りなんです」

「そんなの知らないわ!!」

しーん、と静まり返り、気まずい空気が流れる。

友達を殺害した犯人は拘束されず、現在も野放し状態。帝都警察ですら匙を投げているような事件を、装二郎とまりあが解決なんてできるわけない。そう決めつけたくなる気持ちは理解できる。

まりあも装二郎が帝都のあやかし達を保護し、匿っているという話を聞いたときは驚き、本当なのかと疑ってしまったから。

物事を理解してもらうためには、小さな積み重ねが大事なのだ。美代子が握る情報はとても重要で、絶対に必要なものである。

まりあは立ち上がり、美代子にあるお願いをした。

「美代子様、儚くなった幸子様のお墓参りに行きたいと思っているのですが、一緒に来てくださいませんか？」

「え？」

装二郎があやかし達に頼んで調査させた情報によると、美代子は亡くなった友達の墓参りにまだ行けていないらしい。おそらく彼女は、その死を認めたくないのだろう。

「そんな……お墓に行くだなんて……」

「お墓は生きている人達のためにあるとも言われていますの。一度、会いにいったらいかがですか?」

「会いに……?」

「ええ。彼女も美代子様を待っているかもしれません」

まりあは真っ直ぐ美代子を見つめる。すると、険しい表情がだんだんと和らいでいった。

「そう、ね……。一度会ったら、気持ちに整理がつくかもしれないわ」

まりあの言葉は、美代子の胸に届いたようだ。

「わかったわ。一緒に行きましょう」

まりあと装二郎は美代子と共に、亡くなった友人の墓参りを行う。

途中で菊の花と供え物を手に入れ、墓地へと向かった。先ほどの勢いはどこへやら。美代子は大人しいままだった。

寺院にある墓場だったため、まず先に本堂へ向かいお参りをする。

霊園に着くと、少しひんやりしているような独特の空気を感じる。湿り気のある風がやわらかに吹いていた。

友人の墓石の前にやってくると、美代子は泣き崩れる。地面に膝を突き、どうしてあなたがこんな目に遭ってしまったの？　と何度も問いかけていた。

彼女を見ていると、舞踏会のときは、悲しみを押し殺すためにあのような強い態度に出たのだな、とまりあは思う。

怒りと悲しみは、表裏一体だ。

まりあが蠟燭《ろうそく》に火を点していたら、装二郎が線香を差し出してきた。線香に火を点けると、白檀の香りが漂う。墓前に香煙《こうえん》がゆらりと立ち上った。

菊をそっと生けて水鉢にきれいな水を注ぎ、墓石へ水をかける。最後に供え物として持ってきた饅頭を置き、墓石の前で合掌した。

線香が燃え尽きるまでの時間、美代子は墓石の前にしゃがみ込んだまま、動こうとしない。

「――美代子様」

まりあが声をかけると、美代子は勢いよく振り返る。白目は血走っており、怒りの形相をしている。てっきり悲しみに暮れているものだと思っていたので、まりあはギョッとしてしまう。

「私、絶対に犯人を許せないわ！　だから、あなた達は責任を持って、事件を解決してちょうだい！」

苛烈なまでの、美代子の願い。それは装二郎とまりあが叶えなければならない願いでもある。

まりあは美代子の手を握り、優しく言葉を返した。

「一刻も早く犯人を捕まえて、ご友人の無念を晴らします」

「ええ、お願い」

線香が燃え尽きた頃には、美代子は吹っきれた表情となっていた。


西園寺邸に戻り、美代子から改めて事件について話を聞く。

「私が最後に幸子と会ったのは、襲撃された日の翌日だったわ」

飯塚幸子――伯爵家の娘であり、美代子の友人でもある。幼少期からの付き合いで、姉妹のように育ったという。

「彼女はウィリアム・バーティーンの花嫁候補になったことを、とても喜んでいて……。私は幸子に、幸せな結婚をしてほしいと願っていたわ」

話しぶりから推測するに、結婚相手が美代子に内定していた件は知らないのだろう。もしかしたら、自分が候補のひとりだったことすら把握していないのかもしれない。

まりあは念のため、美代子に問いかける。

「あの、ウィリアム・バーティーンの婚約者の中で、もっとも有力なのは美代子様だと聞いていましたが？」

すると、美代子は眉間に皺を寄せる。

「そんなのデタラメだわ。私、そういったお話はお父様から聞いていなかったもの」

本命だったとしても、西園寺侯爵は断るつもりだったのかもしれない、と美代子は言い添えた。

話は事件へと戻る。

「幸子は途中から学習塾に通うようになって……」

なんでも熱心な様子だったという。

「それから彼女と会う頻度は減っていったわ」

変化が訪れたのは、学習塾へ通いはじめて二か月目のことだった。

それまでウィリアムについて話していた幸子が、講師の異国人のことばかり話すようになったのである。

「幸子は講師に恋をしているんだと、気づいたの。その時点で、学習塾を辞めるように言わなければならないと思っていたんだけれど」

嬉しそうに講師について話す幸子を見ているうちに、言えなくなってしまったのだという。

「こうして、半年経ったある日、幸子は何者かの襲撃を受けた」

それは、学習塾で年に一度開かれる催し、降誕祭の帰りだったらしい。

華族令嬢や子息が集まる夜会みたいなもので、帰りは遅くなる、と幸子は家族へ事前に伝えていたという。

「夜遅くまで盛り上がることもある、なんて幸子が話していたものだから、帰りが遅くてもしばらくは不審に思われなかったみたい」

そして幸子は顔面蒼白状態で帰宅し、そのまま倒れてしまった。

「何者かに襲われた、という話を聞いて、私はすぐに幸子のもとへと向かったわ」

そのときの幸子はまだ比較的元気だったらしい。

「お酒に酔っていて、よく覚えていなかったと言ったの。なんでも途中でふらついて、ガス灯にぶつかって倒れてしまった、と。少しの間、起き上がれなくて伏せたままになっていたようで」

そろそろ起き上がろうと幸子が腕に力を入れようとした瞬間、首筋にちくっと鋭い痛みを感じたらしい。

「虫に刺されたのかもしれない。そう思いつつ起き上がって振り返ったら、走り去る人影を見たそうよ」

虫、と聞いてまりあは装二郎と顔を見あわせる。以前、被害に遭った東雲きくにも、虫刺されのような痕があった。

「それから日を追うごとに幸子は容態が悪くなっていって……」

東雲きく同様、痙攣を繰り返し、水を恐れるようになったらしい。それだけでなく、風が部屋に入るのも怖がっていたという。また、物音にも過剰な反応を示し、嫌がるようになっていった。

それらの様子は、まさに狂犬病患者に見られる症状だった。

「おそらく、幸子様はなにかの生き物に噛まれ、狂犬病になったのだと思われます」

「狂犬病って、犬に噛みつかれて罹るものでしょう？　幸子は犬に襲われたなんて話していなかったわ」

狂犬病、と名が付いているものの、この病の原因は犬だけではない。

装二郎が補足する。

「狂犬病の多くは犬に噛みつかれた場合に罹患するのだけれど、それ以外にも狐や狸、狼など病原菌を持つ野生動物に噛みつかれると感染することがあるんだ」

装二郎の話を聞いた美代子は表情を歪ませる。狂犬病は犬に噛まれてなるものだ、と思い込んでいたのだろう。

「帝都にそんな動物が棲んでいるなんて、聞いたことがないわ。あやかしの仕業ではないの？」

野生動物の中で犬の次に可能性が高いのは狸である。下町のほうでは、まりあも見かけた覚えがあった。

「でも、獣に襲われたのならば、幸子はそう言ったはず。それに、傷も鋭い牙に噛まれた痕ではなかった」

美代子の言うとおり、幸子を襲ったのはおそらく獣の類ではない。その点は装二郎もよく理解していた。

「狂犬病の感染源の多くは犬で、ほかの感染源についての資料が少ないんだ」

装二郎が読んでいた医学書には、猫や馬に噛まれたあと、感染したという例もわずかにあったと書かれていたらしい。

「いっそのこと、吸血鬼による犯行だと言ったほうがわかりやすいよね」

「吸血鬼って、今帝都で流行っている、『吸血鬼伯爵の恋慕』に登場する架空の異国の化け物のこと？」

「そう」

ウィリアムが吸血鬼で、花嫁候補を次々と襲って血を吸いながら、真なる花嫁を求める――。事件としては単純明快である。

「彼は単なる、女性好きのふしだらな男性でしょう？」

美代子は見事なまでに、ばっさりと切り捨てる。本人が聞いていたら涙してしまうだろう。

ここで、まりあの瞳が突然熱くなる。すぐに、魔眼の力が発現したのだと気づいた。

脳裏に浮かんだのは、鳥のような黒い生き物。

カラスではない。これは――。

「え、装二郎様、コウモリ？　コウモリですわ！」

コウモリによる狂犬病の報告はなかったような――待って！　前に、コウモリに噛まれた人が細菌性疾患に罹ったって話を医学書で読んだ覚えがあったような!?」

コウモリから病気が伝播《でんぱ》する例は、極めて稀らしい。

「でも、これまで帝都での被害は報告されていなかったはず……」

それに、帝都に吸血コウモリがいるなんて聞いたことがない、と装二郎は言う。

「ただ、現状から推測すると、コウモリに噛まれて狂犬病になった、というのがもっとも自然かもしれない」

コウモリに噛みつかれたことにより、狂犬病になってしまった場合、小さな傷口というのも納得できる。

「わからないのは、お医者様が原因不明という診察をした件ですわね」

「帝都でコウモリによる狂犬病の被害がないから、そう判断してしまうのも無理がないのかも？」

それに帝都に生息するコウモリを意のままに操って、特定の女性を襲わせるというのも無理がある。

「それこそ、吸血鬼じゃないんだからってなるよね」

「ええ」

可能性としては、訓練したコウモリを国外から持ち込み、襲わせたというものだ。

「だったら、検疫所を調べたほうがいいかも」

コウモリを帝都に持ち込んだ人がいたら、その人物こそが、事件の真犯人だろう。

ひとまず、幸子はコウモリに襲われた、という可能性が浮上した。美代子のおかげで調査は大きく進んだように思える。

「美代子様、ありがとうございました」

「べつにあなた方のために情報提供をしたのではなく、幸子のためだから」

最後まで、彼女は素直ではなかった。


美代子と別れ、玄関で迎えてくれたウメコの手には、一通の葉書があった。

「まりあ様、こちら、アリス・ベンフィールド様からのお手紙です」

「あら、バーティーン子爵が見つかったのでしょうか？」

速達で届いたというので、緊急連絡なのだろう。

ウメコはすぐに内容を見せてくれた。

書かれてあったのは、ウィリアムは現在、行方不明だというものだった。

「まりあ、なんだって？」

「それが、バーティーン子爵が行方不明らしくて」

「今になって姿を消すなんて、怪しいな」

こちらの証拠が集まってきたので、どさくさに紛れて帰国しようと思っているのか。

「まずは帝都警察に、コウモリを持ち込んだ異国人がいないか検疫所の調査と、そして、バーティーン子爵の捜索を依頼しよう」

「ええ。わたくしは、アリスお嬢様にお返事を――」

ウメコが差し出した葉書に触れたその瞬間、まりあの瞳が熱くなる。

「うっ！」

「まりあ、どうかしたの？」

そばにいるはずの装二郎の声がどんどん遠ざかっていく。

目の前が真っ白になり、続けてある光景が浮かび上がった。

何者かがどん！　と誰かの背中を押し、窓から真っ逆さまに転落していく様子。

「――はっ!?」

我に返ったまりあは装二郎に体を支えられた状態で、額には汗をびっしょりかいていた。

「まりあ、大丈夫？」

「え、ええ」

「もしかして、魔眼がなにか見せてくれたの？」

「そのように、思います」

けれどもこれまでのものとは異なり、なにがなんだかわからない光景であった。

「誰かが、窓から突き落とされた――」

しかし、突き落とした人も、突き落とされた人も、顔や姿が曖昧であった。

「どこかで犯行が行われそうになっている、ってことなのかな？」

「わかりません」

過去のことか未来のことかもわからなかった。もっとはっきりとしたものを見せてくれたらいいのに。まりあは自身の能力を恨めしく思う。

「相手がわからない以上、対策のしようもない。今は、僕達にできることをしよう」

「そう、ですわね」

まずはアリスに調査についての報告だ。

装二郎の手を借りて立ち上がると、彼が耳元で囁いた。

「これまでの調査で得た情報は、まだ僕ら以外の他人に知らせないほうがいいかもしれない」

まりあは頷いてそれに従い、アリスへはウィリアムが行方不明になった件への返事のみ書いて、事件については引き続き調査中、とした。

くたくたに疲れたまりあは、コハルと清白と一緒に布団に潜り込み、ぐっすり眠る。

明日こそ、事件を解決したい、そう願いながら。


翌日――バタバタと屋敷の廊下を走る足音で目を覚ます。

ウメコが慌てた様子で、寝室へ飛び込んできた。

「まりあ様、大変です！　帝都警察の方々が、装二郎様を連れていってしまいました！」

「な、なんですって!?」

続けて、まりあのもとにも帝都警察が押し入ってくる。

「山上まりあ！　西園寺美代子襲撃事件について、話を聞かせてもらおう！」

「美代子様が襲われたですって!?」

「犯人のくせに、なにを言っているんだ！」

「わたくしが犯人ですって？　誰がおっしゃったのですか!?」

ぴしゃりと返したまりあの言葉に、警官達はたじろぐ。

ここで、ウメコがこそこそと耳打ちした。

「ちなみに旦那様は、素直に連行されたそうです」

「朝が弱いので、おそらくなにが起こっているのかわからないような状態で、連れていかれたのでしょう……」

装二郎がすでに連れていかれたのであれば、まりあも行かなければならない。うんざりしつつ、警官に話しかける。

「では、少しの間、出ていってくださる？」

「に、逃げるつもりか？」

「いいえ、逃げも隠れもいたしません。身なりを整えるだけですわ」

警官はまりあの言葉を無視し、手を伸ばそうとした。その瞬間、腕に巻きついていた清白が威嚇する。

「しゃあー！」

なんとも間の抜けた威嚇であったが、警官達は蛇を怖がって後退していく。廊下に出たのを見計らい、コハルが襖を閉めた。

「では、準備をしましょう。ウメコ、着物をお願い」

「かしこまりました」

まりあはあえて着付けに時間のかかる着物を選び、警官達を待たせた。

三十分ほどで身なりを整え、まりあは警官達に早く署へ行くように急かす。

「さっさとまいりましょう。夫が待っているはずです」

「いや、お前が待たせたんだろうが」

「なにかおっしゃいましたか？」

着物の袖から清白がひょっこり顔を覗かせたので、警官はそれ以上喋ろうとしなかった。

まりあが連れていかれたのは、帝都警察の拘置所である。

ここでしばらく待機するよう命じられた。

それからどれだけ経ったのか。小さな窓から差し込む太陽が、時間を追うにつれて傾いていく。ついにはあかね色となり、夜を迎えた。

朝早くから連れてきておいて、何時間も放置するなんて酷い話である。

ようやく警官がやってきて、まりあを別の部屋に連れていった。

行き着いた先は取調室である。

内部には無骨な机と椅子があるだけで、屈強な警官が待ち構えていた。

だがそこに装二郎は——いた。髪の毛はぼさぼさで、浴衣姿のまま。ぼんやりしていた装二郎は、まりあの姿を目にするなり驚いた表情を見せる。

「まりあまで連れてくるなんて、酷いじゃないか！」

「容疑はお前達夫婦にかかっているんだ。奥方のほうもさっさと座れ！」

命令されることが大嫌いなまりあは、装二郎の背後に立ち、腕組みする。

「まず、美代子様の身になにが起こったのか、お聞かせいただける？」

「なぜ、それを説明しなければならない。自分の胸に聞けばいいだけだろうが！」

「わからないのでお聞きしているのです！」

負けじと言葉を返すと、警官は深いため息をついたのちに話してくれた。

「昨日の晩、西園寺美代子が庭で倒れているのを、使用人が発見した。発見当時は意識不明だった。何者かに背中を押され、落下したのだろう」

聞いた瞬間、まりあの背筋にぞわっと悪寒が走る。

誰かが窓から落とされる様子は、昨日、魔眼で見た光景であった。

まさか美代子だったなんて。まりあは口元を押さえ、がたがたと震える。

「一応、華族令嬢が襲撃される事件との関連を調べたのだが、なにかに噛みつかれたような痕はなかったそうだ。その反応、やはり、なにか知っているな？」

「いいえ、存じません。美代子様とはお付き合いがあり、ちょうど昨日会ったばかりでしたので、衝撃を受けているだけです」

「西園寺美代子と山上まりあ、双方を知る人に聞いたが、あまりいい関係ではなかったそうじゃないか」

たしかに、舞踏会で会ったときの美代子とまりあは険悪だった。けれども、今はちがう。

「調べたところ、お前は華族令嬢の襲撃事件の犯人であると西園寺美代子から疑われ、たいそう怒っていたそうではないか」

「それに関しては、当主である山上装一郎が、すでに誤解を解いております」

「いつ？　どこで？　正式な文書はあるのか？」

わざとまりあを怒らせるように質問をしているのだろう。ここで理性を失ってしまったら、相手の思うつぼだ。

まりあは警官の質問に答えず、逆に問いかけた。

「ひとつ質問なのですが、美代子様が『わたくし達に突き落とされた』とおっしゃったのですか？」

「いや、まだ意識が戻ったばかりで詳しい事情聴取はできていない。使用人から西園寺美代子が『誰かに突き落とされた』と言っていた話を基に、西園寺美代子が最後に面会した者を調べ、こうして任意同行してもらったわけだ」

「任意同行ですって!?」

ウメコの話によると、装二郎は犯罪者のごとく連行されたと聞いていた。聞き捨てならない言葉に、まりあは遺憾の意を示す。

「帝都警察は部下の教育がなっていないようですね」

「な、なんだと？」

「彼らは山上邸に、犯人を検挙するような勢いで押しかけてきました。わたくしの寝室にも無断で入ってまいりましたし」

その言葉に反応したのは、これまで「まあまあ」と仲裁していた装二郎である。

「なんだって！　僕の妻に失礼な態度を取るなんて、許さないよ」

「ひっ!!」

装二郎は不穏な黒い靄を発生させるだけでなく、人の姿に九本の尾だけを生やして左右に揺らす。警官には見えていないのだろうが、禍々しい気は感じているようだ。

「あなたでは話になりませんわ。花乃香様のお父様を呼んでくださる？」

「か、花乃香様のお父様、とは？」

「小林局長ですわ」

「は!?」

『帝国特例警察部警備局』局長小林勲夫《いさお》。それはまりあの親友、花乃香の父親で、親交もある。おそらくまりあが呼び出したら、駆けつけてくれるだろう。

虎の威を借る狐のようだが、このどうにもならない状況から脱するためには、必要な手段であった。

「わたくし達は、美代子様の事件に関与しておりません。これで納得していただけないのであれば、これから小林局長のもとへ向かいます」

「ま、待て！　わかった。今日のところは帰っていいから！」

「帰っていい、ですって？」

「あの、その、大変失礼いたしました。お帰りください」

「当然、山上家の屋敷まで送っていただけますよね？」

警官はしょんぼりした様子を見せながら、「もちろんです」と返した。


空には月がぽっかりと浮かび、星が輝いている。

やっとのことで帰宅し、出迎えてくれた化け狐や狸に心が癒やされる。

最後にやってきたウメコが、報告してくれた。

「旦那様、西園寺家からお客様がいらっしゃっています」

「え、なんだろう」

客間へ向かうと、美代子の侍女だと名乗る女性が待っていた。

「美代子お嬢様のお申しつけで伺いました。なんでも、使用人のひとりが、美代子お嬢様と最後に会ったのは山上様ご夫妻だと証言してしまったようで、帝都警察が行ったのではないでしょうか。その謝罪を……」

「あー、いや、わざわざどうも」

「すでに行って戻られたとのことで、申し訳ありません」

現在、帝都警察のほうにも西園寺家の人間が送りこまれているという。

犯人は装二郎とまりあではない、と証言してくれるそうだ。

「いやはや、入れちがいになってしまって」

「ええ。思いのほか、帝都警察が動くのが早かったようです」

帝都警察は美代子の家に行ってすぐに、山上家へ向かったのだろう。悪い意味で仕事が早かったわけだ。華族令嬢の襲撃事件の捜査が打ちきられてしまったので、挽回しようと必死だったのかもしれなかった。

侍女が鞄から封書を取り出す。それは、美代子から聞いた話を書いたものだという。

「どうかお役立てください、というのが美代子お嬢様からの伝言でございます」

「ありがとうございます」

おそらく、華族令嬢の襲撃事件と美代子が襲われた件は無関係ではない。犯人は美代子が情報を握っていると知り、危害を加えたにちがいない。

「どうか、よろしくお願いいたします」

深々と頭を下げる侍女を見送ったあと、美代子からの封書を開封する。

手紙には、帝都警察が知り得なかった当時の状況が書かれていた。

昨晩、美代子の父親である西園寺侯爵は国の要人を招いて晩餐会を開いていたらしい。美代子も参加する予定だったが体調が優れず、急遽、取りやめたという。

美代子は早めに休もうと思い、横になっていた。微睡んでいると、外からなにやら物音が聞こえる。不審に思った美代子は窓を開き、覗き込んだ。

刹那、薬のような粉末を嗅がされ、背中を強く押されてしまった。

意識がもうろうとなった美代子は、そのまま落下し――目覚めたのは翌日だった。

幸いと言うべきか、窓の下は花壇で、大きな怪我は負っていない。擦り傷と打撲程度だという。頭も打っていないとのことで、まりあはホッと胸を撫で下ろした。

「それにしても、昨晩は西園寺家で晩餐会があったなんて、ね」

「犯人として疑うのであれば、わたくし達ではなく、まずは晩餐会の参加者なのでは？」

「まったくだよね」

朝からとんでもない事態に巻き込まれたものだ、とまりあはため息をつく。

無事、解放してもらえたからよかったものの、話がこじれていたら調査に支障をきたしていた。

それにしても、この事件の真犯人はいったい誰なのか。

「きっと犯人は僕らには想像もつかないような、意外な人なんだろうね」

「意外な人――」

そう耳にした瞬間、これまで容疑者として浮上していなかったある人物を思い浮かべてしまった。いやいや、そんなはずはない、と首を横に振る。

「まりあ、どうかしたの？」

「いえ。昨晩、魔眼が見せた光景が鮮明であれば、真相に近づけるのに——んんっ!?」

「まりあ!?」

記憶を甦らせようとした瞬間、目が燃えるように熱くなる。

映像は昨日と同じシーンで角度がちがった。昨日見えなかった光景が、急に鮮明になった。

背中を押したのは、榛色《はしばみいろ》の髪を優雅にまとめた二十代半ばくらいの女性。

一方で、背中を突き飛ばされたのは、今よりも幼い印象の——アリスだった。

——きゃあああああ!!

絹を引き裂くような絶叫と共に、アリスは落下していく。

そして、足を押さえ、アリスは猛烈に痛がっていた。

「ど、どういうこと!?」

見えたのはそれだけではなかった。

——許さない、絶対に、許さないから！

映像は、そのまま鳥かごを手に、どこかへ向かうアリスの姿を捉えた。彼女は足を負傷し、二度と歩けないはず。それなのに自らの足で歩いているのだ。

そこでまりあは、彼女が手にしていた鳥かごの中身がコウモリであることに気づく。

――不貞を働く者は、みんな、死ぬべきなのよ!!

点と点が結ばれ、線になる。

「わかりました!!」

「え、な、なにが!?」

「華族令嬢達を襲った犯人ですわ」

すべて、魔眼が見せてくれた。

アリス・ベンフィールド。彼女こそが、諸悪の根源だったのだ。

「え、どうしてアリスお嬢様がそんな行為を働くの?」

「詳しい事情は不明ですが、彼女が窓から突き落とされたことがきっかけだったようです」

昨晩、魔眼が見せた光景。あれは美代子に起きることではなく、アリスの過去だったのだ。

「ただ、なぜ魔眼は最初からこの情報を見せてくれなかったのでしょうか?」

「うーん、よくわからないけれど、もしかしたら、関連する情報を得ることが魔眼を発動させる鍵なのかもしれないね」

「なるほど。そうかもしれません」

なにもせずにいるだけでは、魔眼は情報を見せてくれない、というわけなのか。

はっきりとした理由はわからないものの、今は深く考えている場合ではない。

とにかく、犯人の目星はついた。一刻も早く行動に移すべきだろう。

「ウメコ！」

「はい」

「帝都警察に連絡してもらえる？　ベンフィールド伯爵の屋敷へ駆けつけるように言ってほしいの。屋敷のどこかに事件の証拠があるので、しっかり捜すようにお伝えして」

「かしこまりました」

装二郎とまりあだけで飛び込むのは危険だ。それに帝都警察も鬱憤《うつぷん》が溜まっているだろうから、手柄を分けてあげるのだ。

「装二郎様、わたくし達も行きましょう」

「わかった」

その前に、装二郎には着替えるように言っておく。浴衣姿にぼさぼさの髪では、事件を解決に導いても説得力がないだろうから。

　ベンフィールド家の屋敷へ向かったものの、門は閉ざされ、出入りできないようになっていた。

「いったいどうしてですの？」

「とにかく、中に侵入してみよう」

「ええ」

　てっきり塀を登って入るものだと思っていたが、装二郎に止められる。

「まりあ、待って。僕が九尾の狐に変化するから、背中に跨がって」

「わかりましたわ」

　言われたとおり、変化した装二郎の背中に横乗りになる。装二郎は軽々と塀を跳び越えただけでなく、庭を駆け抜け、屋敷の二階にある露台に跳び乗った。

「装二郎様、こういうの、慣れていますわね」

「君が家出をしたとき、何度か小林家の屋敷に忍び込んだからね」

　窓の鍵は、人間の姿に戻った装二郎が香の術で解錠する。あっさり中へ侵入できた。

　屋敷の中は人の気配があまりしない。アリスの部屋も、もぬけの空である。アリスと共に出かけているのだろうか？

　捜し回った結果、侍女を発見した。まりあは彼女を問い詰める。

「アリスお嬢様は今、どちらにいらっしゃいますの？」

「え、その、神田公爵邸に向かうとおっしゃっていました」

「なぜ？」

「あ、あの、なんでも、ウィリアム様を発見されたとかで」

アリスが摑んだ情報によると、ウィリアムは従子のもとにいるという。

「装二郎様、神田公爵邸に行きましょう」

「ああ、わかった」

嫌な予感がする。まりあは焦燥に駆られていた。

アリスは不貞を働く者を激しく嫌悪し、殺害の対象にしているのかもしれないのだ。

「まさか、バーティーン子爵と従子様が不倫関係にあると勘ちがいされたとか？」

「ありうる」

急いだほうがいい。

馬車ではなく、九尾の狐と化した装二郎の背中に跨がり、神田公爵邸へと飛ばす。


正門には回らず、装二郎は塀を跳び越え、屋敷の中へと侵入した。

瞬間、装二郎は人間の姿に戻り、まりあの誘導で従子の部屋へ急ぐ。

「従子様、どうかご無事で――！」

やっとのことで行き着いた従子の部屋は、しっかり施錠されていた。

装二郎の香術で解錠した瞬間、部屋の中から悲鳴が響き渡る。従子の声であった。

男性の低い声も聞こえる。

「まりあ、行こう！」

「ええ！」

扉を開いて中に飛び込むと、部屋の隅にウィリアムに抱かれた従子の姿があった。

だが目の前には、信じがたい光景が広がっていた。

キイキイと鳴き声をあげながら、複数のコウモリが部屋を舞っていたのだ。

「こ、これは!?」

鳥かごを片手に持ち、もう片方にはヘンリーを抱くアリスがまりあを振り返る。

驚いたことに、彼女は車椅子に乗っておらず、自分の足で立っている。

「あら、マリア。ここに来てしまったのね」

アリスはそう言うやいなや、ヘンリーを乱暴に投げ捨てる。

「なっ……それはウィリアム様からいただいた、大切なお品では？」

「いいえ、まったく。ヘンリーは、私が気の毒に見えるよう、演出だったの。こうしていたら、かわいそうな私がなにをしても誰も疑わなかったわ」

ぬいぐるみを持ち歩くような年齢でもないのに、健気に大事にする様子は周囲の同情を誘ったという。ウィリアムの好意ですら、彼女は利用していたらしい。

「アリスお嬢様、なぜ——きゃあ！」

コウモリが迫ってきたが、まりあは傘に仕込んでいた刃で切り伏せる。

部屋を縦横無尽に飛び回るコウモリの数は、六、七匹くらいか。帝都で見かけるものよりもひと回り以上大きい。おそらく、異国の地より持ち込まれた個体だろう。

ウィリアムは従子を守りながら、手にした手巾を左右に振って必死にコウモリを追い払っていた。コウモリ達は容赦なくまりあや装二郎にも襲いかかってくる。よほど飢えているのか瀕死の傷を負っても向かってくるのだ。

「くっ……！　アリスお嬢様、どうして、こんなことをなさっているのです⁉」

アリスはまりあににっこりと微笑みながら答えた。

「不貞を働く者達は、死ぬべきだから」

「な、なんてことを」

アリスと話したいのに、コウモリに邪魔されてしまう。

一匹一匹倒すのでは埒が明かない。そう判断したまりあは、持参していた特製の呪符を取り出す。

「——巻き上がれ、下風！」

風が刃となり、コウモリを二匹同時に引き裂いていく。一匹一匹退治するよりも、呪符のほうが効率的だ。

　装二郎も香の術で狼をつくり出し、コウモリと対峙していた。

　コハルはまりあを守ろうと、果敢に戦う。一方で、清白は先ほど袖の下に忍ばせていた呪符を取り出し、まりあへ手渡してくれた。

　ふと、まりあは気づく。どうしてかアリスのことだけ、コウモリは避けているように見える。

「なぜ、アリスお嬢様にだけコウモリは近づきませんの？」

　その理由について、装二郎が気づいたようだ。

「まりあ、彼女からはコウモリが嫌う薄荷の匂いがする！」

　薄荷の香りは、アリスが好んでつけているものだと思っていた。まさか、コウモリを遠ざけるためだったなんて、想像もしていなかったのだ。

　どうにかしてアリスを止めなければならない。

　そう思った瞬間、装二郎がとっておきの香の術を発動させた。

「香の術――硝煙《しょうえん》弾雨《だんう》」

　煙でできた玉が、雨のように勢いよくコウモリを貫いていく。

　部屋を飛び回っていた残りのコウモリを一気に殲滅《せんめつ》した。

「まだ、コウモリはいるわ」

アリスが鳥かごから新たなコウモリを出そうとしたのと同時に、まりあが接近する。

そしてすばやく清白が手渡してくれた呪符を、鳥かごに貼りつけた。

「――包み込め、水球《すいきゅう》！」

鳥かごは水に包まれ、中にいたコウモリは溺れて息絶えていく。

「そ、そんなことをしても無駄よ！　コウモリはまだいるの！」

辺りを見回しても、別の鳥かごはない。虚勢なのだろう、とまりあは判断する。

「誰も、私に近づかないで！　酷い目に遭わせてあげるんだか――きゃあ！」

突如としてアリスの両手を摑み、拘束したのはウィリアムだった。

「アリス、いい加減にしてください！」

「ウィリアムお兄様、どうして？」

「あなたがしてきたことは、犯罪です」

「犯罪？　夫や妻がいるのに、ほかの人と関係を持つことだって犯罪ではないの？」

ウィリアムは首を横に振り、アリスの訴えを否定する。

不貞行為は、伴侶となった者を裏切る最低な行為であることはたしかだ。けれども、犯罪ではない。

まりあは従子のもとへ行き、大丈夫かと声をかける。

「従子様、コウモリに嚙みつかれていませんか？」

「ええ、私は大丈夫。それよりも夫が、屋敷の中でコウモリに追いかけられているんです！」

「もうすぐ帝都警察が駆けつけますので」

ベンフィールド家にいた侍女に、帝都警察がすぐに来るから、来たら神田公爵邸に人を寄越すように、と頼んでおいたのだ。すぐにやってくるだろう。

「従子様、それにしても、いったいなにがあったのですか？」

「それは――」

従子は悲痛な視線を、アリスへと向けた。

一方で、アリスは憎しみを込めた視線を従子に送っている。

「ウィリアムが突然何者かに追われている、とここに助けを求めにやってきて、話をしている途中に、彼女が突然押しかけてきたんです」

――不貞を働く者に、残酷な死を!!

アリスはそう叫んで、コウモリを部屋に放ったという。

「途中で夫が駆けつけ、私達を助けてくれようとしたのですが、コウモリに妨害されてしまい――」

アリスは不貞を働く者を、酷く憎んでいる。いくら父、ベンフィールド伯爵が女好きとはいえ、ここまで憎むのはなにか理由があるのだろうか。まりあはアリスに問いかけた。

「アリスお嬢様、あなたはなぜ、そこまでするのですか？」

「これ以上、悲しみに明け暮れ、命を落としてしまう人をなくすためよ。自分の罪を〝わからせてあげる〟ために、してやったの！」

それは、まるで誰かが不貞を理由に命を断ったことがあるかのような口ぶりだった。

「もしやアリスお嬢様に近しいどなたか、お亡くなりになったの？」

「お母様よ！　お父様の愛人に、殺されたの！」

「それは……」

まりあは絶句する。

ベンフィールド伯爵はアリスが生まれる前から愛人を家に連れ込んでいたという。夫人が産後、体調を崩しがちになると、愛人が本妻のように振る舞うようになった。

「お父様はだんだん、お母様に冷たくなっていった。そのたびに、あの女は勝ち誇ったような表情でお母様を見ていたのよ！」

そのままベンフィールド伯爵は本妻を相手にせず、愛人にばかり入れ込んだ生活が何年か続いていたが、アリスが十歳を迎えた春に悲劇が起こった。

「お母様は自ら命を絶ってしまった。愛人が唆したから！」

母親の死はアリスの心に大きな影を落としてしまう。

悲痛な事件はそれだけではなかった。

「私はお父様に必死で訴えたの。お母様を追い詰め、殺したのはあの女だ。早く追い出してくれ、と」

アリスがあまりにも訴えるので、アリスのことは溺愛していたベンフィールド伯爵は愛人との別れを考えはじめたという。

「あの女ももう、若くないしなって。だから、別れてくれるって言ってたの」

その言葉を、アリスは愛人に伝えたらしい。

「愛人は酷く怒りはじめて」

逆上した愛人はアリスに襲いかかった。

アリスは壁際まで追い詰められ、庭にいる誰かに助けを求めようと窓を開いた。

その瞬間、愛人に背中を押され、真っ逆さまに落ちていく。

「幸いにも怪我は大したことなかったわ。でも、このままではいけないと思ったの」

アリスは医者に愛人からの虐待を訴え、二度と歩けなくなってしまった、という嘘の診断を出してくれと頼み込む。初めこそ断っていた医者だが、金貨を数枚握らせるとあっさり従った。

「愛人のことは絶対に許せないと思ったの。お父様に被害を訴えて、追い出すだけでは物足りなかったわ」

だからアリスは、直接手を下した。

当時、貴族の間でコウモリの飼育が流行っていたらしい。しかし数年後、コウモリを飼っていた貴族が続々と狂犬病に罹っていった。

原因がコウモリであることがわかると、その人気は衰えていく。

コウモリを大量に入荷し、売れなくて困っているという店をアリスは訪ねる。コウモリの扱いを聞き、数匹購入したのだ。

「昼間、そのコウモリをこっそり愛人の部屋に忍ばせたの」

コウモリは夜行性だ。夜になると活動が活発になる。

アリスが仕込んだコウモリは夜間に寝室で飛び回り、食料を求めて愛人の血を吸う。するとたちまち、愛人は狂犬病に罹ったのだ。

為す術もなく、やがて愛人は苦しみながら亡くなったという。

「コウモリはそのまま逃げたらしいの。証拠もなく、殺すことができたのよ」

こうして、アリスは愛人に対し、復讐を遂げたというわけだった。

「愛人はいなくなったし、お父様は歩けなくなった私に優しかった」

これで、ベンフィールド伯爵家に平穏が訪れる。アリスはそう信じていたのだが
――。

「お父様は、新しい愛人を連れ込むようになったのよ」

相手は人妻だったという。

「夫を裏切ってお父様を誘惑するなんて、悪魔みたいな女だと思ったわ」

アリスは何度か手紙を送り、ベンフィールド伯爵に近づかないように警告した。けれども女はそれを無視し、逢瀬を重ねていった。

「だから、彼女も同じように、コウモリを使って狂犬病にしてあげたの」

女好きであるベンフィールド伯爵はその後も懲りずに何度か愛人を連れ込んだようだが、すべてアリスが手を下す結果となったという。

「そんな行為を繰り返して、露見しなかったのですか？」

「ええ。偶然にも、吸血鬼のロマンス小説が流行っていたからね」

作中に吸血コウモリが登場するも、小動物《マスコット》扱いで、恐ろしい印象はなかった。そのため、コウモリが原因だと思わなかったのだろう。

数年が経ち、ベンフィールド伯爵が帝都へ赴任することになった。アリスは近づいてくる女性がいたら制裁を加えようと、同行を希望した。

ついでに、ベンフィールド伯爵の友人でもあるウィリアムも連れていったらどうかと提案する。彼はかねてより、帝都に行きたいと望んでいたのだ。

こうして、帝都へ赴いた三人だが、想定外の事態となる。

「お父様は帝国の女性がお好みでなかったの。せっかく苦労してコウモリを連れてきたのに、無駄になってしまった」

　けれども、そこで諦めるアリスではなかった。

「だったら花嫁探しをしているという、ウィリアムお兄様のためにひと肌脱ごうと思ったのよ。彼は私にとっても優しくしてくれたし、なんだか落ちこんでいて、かわいそうだったから」

　まさかの理由に、ウィリアムは驚きの声をあげた。

「な、なんなのですか、それは!?」

　ウィリアムはアリスの企みに気づいていなかったらしい。目を見開き、動揺している様子だ。

「ウィリアムお兄様が結婚し、幸せに暮らせるように、花嫁候補達を試してあげたのよ」

　ベンフィールド伯爵に仕えていた従僕達は、たいそう見目がよかった。彼らに花嫁候補を誘惑するよう、命令したのである。

「ウィリアムお兄様の花嫁候補なのに誘惑に乗った女は不合格にしたわ。どうせ、結婚しても浮気をするに決まっている。ウィリアムお兄様、あなたを不幸にしたくなかったの」

　不貞を働く者は、生かしてはおけない。アリスは残酷にも、帝都で粛清行為を行っていたのだ。

「裏切った女の持ち物に、血を含ませたハンカチを忍ばせておくの。そうしたら、夜道でコウモリを放すだけで血を吸いに行ってくれるのよ」

コウモリの嗅覚は敏感で、血の臭いに気づくのだという。

「なんて酷いことを……！」

「酷いのは不貞を働く女なの！　誘惑に乗らなかったら、こんな目には遭わなかったのよ！」

アリスは試すような行為を繰り返し、花嫁候補を見定めていたようだ。それだけではなく、不貞を働く者達を狂犬病にしていた。

「なんて残酷な……」

まりあの胸に嫌悪感が沸き立ち、ついつい素直な気持ちを吐露してしまう。

「あら、マリアは私の気持ちを理解してくれると思っていたのに」

アリスの言葉にまりあは首を横に振る。

「なぜアリスお嬢様は事件について、調査したいと望んだのですか？」

「それはもちろん、不貞を働いた人達にきちんと天罰が下ったか、確認したかったからよ。それにヘンリーといれば、私が犯人だって、バレない自信があったから」

花嫁候補の名簿を見せたのも、狂犬病で苦しむ女性達に調査の目が向き、まりあ達が確認に行くように仕向けるためだった。

呆れた気持ちを通り越し、まりあはまだ幼さの残るアリスに対して恐ろしいと思ってしまった。

「まさか、幸子様が通っていた学習塾の講師も、アリスお嬢様の手の者なのですか?」

「ええ、そうよ。彼はたくさんの花嫁候補に誘惑されたみたい。皆、貞淑という言葉を知らなかったようね」

「そんな……!」

正式に婚約を結んでいない相手にそんな厳しい審査を強いるなど、酷いとしか言いようがなかった。

「では、東雲きく様については、どうして?」

父親によると、学習塾には通っていなかったという。それなのになぜ、とまりあはアリスに質問を投げかける。

「彼女は花嫁候補なのに、幼なじみの男と逢瀬を繰り返していたからよ」

「なっ――!」

「彼女は不誠実な女だった」

なんでも、きくと幼なじみである福田重孝は恋仲だったらしい。けれども身分差があり、結婚を許してもらえず、密かに会っていたのだとか。

　さらに美代子については、いろいろと情報を握っているのではないかと危惧し、警告する意味も込めて襲ったという。彼女は不貞をしているわけではないため殺すつもりはなく、コウモリは使わず、晩餐会の参加者に金を握らせたのだと話した。

「すべては、ウィリアムお兄様のためだったの」

　話を聞き終えたウィリアムは、困惑の表情で訴える。

「アリス、私はそのようなことなど望んでいませんでした」

「ええ、わかっているわ。でも、悲しみに暮れるあなたを二度と見たくなかったの」

　従子とは結婚できないと一方的に宣言されたウィリアムは、当時アリスの目にも気の毒に映るくらい落ち込んでいたらしい。

「酷いわよねえ。ウィリアムお兄様を捨てたくせに、自分は地位と財産を兼ね備えている男と結婚しているんだもの！」

　アリスは従子も試したのだろう。

「ウィリアムお兄様を助けず、余所を当たってくれって言ったのには驚いたけれど、あなたが彼を裏切ったのはたしかだった。だからコウモリに襲わせて、狂犬病にさせようと思っていたのに」

　ちなみに、ウィリアムとアリスは抗体を打っているため狂犬病にはかからないらしい。

無差別にコウモリに襲わせようとしていたのではなく、アリスの標的はあくまでも不貞を働く女性だったのだ。

「もういいわ。どれだけ試しても、人は愛を裏切る愚かな生き物だから」

そんなはずはない。アリスは自分のことしか考えておらず、周囲の者達の深い愛に気づいていないだけなのだ。

まりあはずばりと指摘する。

「愚かなのは、あなたですわ！」

「どうして？」

「人の命を、なんだと思っていますの？」

いくら伴侶に誠実でなくても命を奪うなんて許されない。

「亡くなった人達は、誰かにとっての大切な人ですのよ！　それを、あなたは奪いましたの！」

「それは、私が奪われたから、奪っただけ！　当然の権利だわ」

「ちがいますわ!!」

不幸の連鎖はどこかで止めないと、永遠に続くだろう。それを、アリスはわかっていないのだ。

「この世の中には、悲しく、辛い出来事がたくさんあります。自分が不幸だから相手もそうあるべきだと考えるのは、傲慢なことなのです」

悲しみも、憎しみも、どうあがいても自分の中に残ってしまう。それらの感情に支配され、近くにあった幸せを見落としてしまうことこそ、本当の不幸なのではないか、とまりあは思っている。

「マリア、幸せってなんなの？　私のそばには、ぜんぜんなかったわ」

「強い感情に支配されていると、幸せになんて気づかないものなのです」

心を穏やかにして周囲に目を配ったら、幸せはいくらでも転がっている。

「朝、心地よい風が吹いていたり、青空が気持ちいいくらい澄んでいたり、美しい夕焼けに見とれたり――日常に溢れるほんのささやかなことが、幸せなのです」

まりあの言葉を聞いたアリスは、真珠のような涙をポロポロ零す。

「ああ……そういえば、死んでしまったお母様も、おっしゃっていたわ。庭にきれいな花が咲いているだけで、心が癒やされる、とても幸せだ、と」

「ええ。アリスお嬢様のお母様の言うとおり、必ずしも目には見えないささやかなものが、幸せなのです」

復讐にばかり目がいっていたアリスは、身近で輝いていた幸せに気づけていなかったのだろう。

アリスだってかつては、心優しい少女だったにちがいない。

父の愛人の存在や母親の死をきっかけに歪んでしまったのだ。

アリスは頭を抱え、涙を流し続ける。

「どうしましょう。私、私――！」

頽れたアリスの体を、まりあがそっと支える。

アリスは驚いたような表情を見せたあと、悲しげに俯いた。

「マリア、やっぱりもっと早く、あなたに会いたかったわ」

以前にも、アリスがまりあに言った言葉だ。

彼女だって自分自身が取り返しのつかないことをしているのだと、心のどこかでわかっていたのだろう。そして、誰かの助けを求めていたのだ。アリスの心に寄り添える人物がいなかった、というのが、アリスにとって最大の不幸だった。

そろそろ帝都警察が来る頃だろうと思っているところに、扉が勢いよく開く。

「従子!!」

神田公爵がやってきて、従子のもとへ駆け寄った。自力でコウモリを退治し、ここにやってきたという。

従子は神田公爵に抱きつき、涙した。

「無事だったか？」

「え、ええ。私はもう、二度と公爵様のおそばを離れません」

「従子……」

これこそが、真実の愛だろう。

まりあは神田夫妻を見ながら、しみじみと思ったのだった。


その後、帝都警察が駆けつけ、アリスを保護した。

異国人であり未成年でもあるので、日本の法で裁くことは難しい。ベンフィールド伯爵がアリスのもとへやってきて、すぐに帰国させたようだ。その際、彼は酷く憔悴した様子で、自分のせいで娘が罪を犯してしまったと後悔していたという。

彼女の罪は、故郷の法律が裁くのだろう。ベンフィールド伯爵は、アリスと共に自分も一生をかけて償っていくと涙したのだとか。

後日、伯爵一家が滞在していた屋敷の地下で、繁殖されていたコウモリが発見されたらしい。医療品と偽り、帝都に運び込まれていたのだ。

コウモリはすぐさま処分された。

それから、アリスの依頼を受け、偽の診断書を書いたという医者も逮捕されたと報じられた。

なんでも狂犬病だとわかっていながら、原因不明だと診察していたそうだ。

医者が正しい所見を出さなかったせいで、事件はあやかしのお頭である山上家のせいだと囁かれてしまったのである。

吸血鬼の謎については、ウィリアム本人から聞くこととなった。

すべてが終わった日の夜、彼は山上家を訪問してきた。なんでも、昼間は活動できないと言って。

「あれから推理してみたのですが、バーティーン子爵、あなたは本物の吸血鬼だけれど人間から吸血行為をしない、変わり者ですわ！」

まりあはそう訴える。

アンナが愛読していた『吸血鬼伯爵の恋慕』に登場する吸血鬼は、家畜の血を飲んで吸血衝動を抑えていた。ウィリアムもそうにちがいない、とまりあは考えていたのだが――。

「ちがいますよ」

「ではなぜ、あなたは昼間しか行動できず、吸血鬼のような見た目をしており、血が滴るビフテキを召し上がっていたのですか？」

「私は眼皮膚白皮症《がんひふはくひしょう》なんです」

それは体の色素が生まれつき不足している状態だという。瞳は血管が透けて赤く見えるそうだ。

「皮膚が弱く、太陽の下を歩くことはできません。また、赤血球不足でもあるので、医者から赤身が多い肉を食べるように言われているんです」

「傷が早く治るという話を聞いたのですが、それについては？」

「ああ、それも体質、でしょうか？　白血球と血小板の数が人より多いから、治りも早いみたいなんです」

「犬歯が尖っているように鋭いのは？」

「これは八重歯と呼ばれるもので、とってもチャーミングだと、ヨリコに教えていただきました」

「ただの八重歯！」

　さまざまな要素が重なり、ウィリアムを吸血鬼だと信じてしまったようだ。まりあはぐったりとうな垂れる。

「でしたら、従子様におっしゃったという『君との結婚に邪魔なやつらは、殺してやる!!』という発言の真意は？」

「それは、彼女を前に冷静でいられなくなっていたからでしょう。本当に殺そうと思ってはいませんでした」

　なんとも紛らわしい発言をしてくれたものだ。まりあは深いため息をついてしまう。

「納得していただけましたか？」

「ええ、とっても」

最初から、吸血鬼なんて存在しなかったのだ。

「あなた方ご夫妻には大変なご迷惑をかけ、本当に申し訳ありませんでした」

ウィリアムの言葉に、装二郎がのほほんと言葉を返す。

「まあ、いろいろあったけれど、バーティーン子爵も落ち込まないでくださいね」

「ありがとうございます」

ウィリアムは帝都にやってきて、吹っきれたという。

「ヨリコが幸せに暮らしていることを確認できてよかった、と心から思っています」

駐在大使になる、という話もあったものの、断ったのだとか。国に帰って、しばらくは静かに暮らす予定だとウィリアムは話した。

どうか彼にも幸あれ、とまりあは祈らずにはいられなかった。


華族令嬢の襲撃事件からしばらく経ったある日、装一郎と美代子が揃って訪ねてきた。

いったい何事か、と身構える装二郎とまりあのもとに、驚きの報告がなされる。

「私達は来年、結婚することになった」

「え────!?」

装二郎とまりあはあまりにもびっくりしたからか、家が揺れるほど叫んだ。

「入籍は、来年の初夏に、と考えている」

美代子が幸子のために一年間、喪に服したいと希望したので、ふたりで話しあって決めたという。

「いや、なんていうか、お似合いだよ」

「本当に」

最初、話を聞いたときには犬猿の仲だとまりあは感じていた。けれどもこうして、結婚するのだから、ケンカするほど仲がいい、ということなのだろう。

報告はそれだけではなかった。

「当主の結婚が決まったので、お前達を今日から、本当の夫婦として認める」

なんと結婚式や披露宴などのことも、装一郎はすでに準備を整えてきたらしい。

「神前式と披露宴は一週間後だ」

一瞬、まりあは聞きちがいだと思った。けれども、繰り返し言われ、聞こえたとおりだと理解する。

慌てたのは装二郎である。

「待って、待って！　装一郎、急すぎるよ！」

「お前はずっと、待ちくたびれたと言っていたではないか」

「そ、そうだけれど、話が急だと思って」

装一郎と美代子の入籍が一年後だと聞き、装二郎とまりあはそのあとだと考えたのだろう。

「嫌なのか？」

「嫌じゃない。むしろ、一秒でも早く、僕はまりあと本当の夫婦になりたいんだ」

「だったら、さっさと結婚式を挙げるんだ」

「……ありがとう、装一郎」


そんなわけで、嵐が通り過ぎるように日々が過ぎ、結婚式の当日を迎えた。

装二郎はまりあのために、白無垢を用意してくれた。

真珠のような照りのある正絹《しょうけん》には、鶴が織られている。美しい純白の花嫁衣装を見つめていると、心が浄化される。

ウメコやコハルの手を借り、着付けを行う。ちなみに清白は部屋の端でのんびり微睡んでいる。

肌襦袢《はだじゅばん》を着て、その上から長襦袢を重ねる。さらに掛下を合わせ、掛下帯をしっかり締める。最後に打ち掛けを羽織ったら、花嫁装束の完成だ。

「まりあ様、こちらが小物でございます」

コハルが持ってきたのは、金襴の刺繡が入った筥迫《はこせこ》という装飾品、懐剣《かいけん》という邪祓いの短剣、末広《すえひろ》という縁起のよい扇子、裾をたくし上げるときに使う抱え帯。

まりあは受け取り、ひとつひとつ丁寧に身に着けていった。

化粧はコハルが担当する。なんでも今日のために、練習していたらしい。

まりあが最も美しく見える化粧を施してくれた。

そうこうしているうちに、ウメコが髪結いを始めた。角隠しを被るので、高い髷《まげ》を結うらしい。ウメコは気合いを入れて、まりあの髪を美しくまとめてくれた。

髷が完成し、角隠しの上に綿帽子を重ねる。

これにて、準備完了となった。

コハルは瞳をキラキラ輝かせながら、何度も「お美しいです！」と言う。

ウメコも頷きつつ、絶賛する。

「本当に、おきれいですよねえ。まりあ様にかかったら、月の美しさも霞んでしまうくらいです」

「ウメコったら」

「これは嘘ではないですよ！　信じてください！　本当なんです！」

「怪しいですわ」

いつもの嘘のおかげで、まりあの緊張も解れた。

ホッと安堵の息をついたところで、装二郎がやってくる。

黒五つ紋付き羽織袴姿で髪もきっちり整えており、いつもより大人っぽく見える。

かつて、まりあから昼あんどんだと言われていた名残は、まったくなくなっているように思えた。

装二郎はまりあを見るなり、相好を崩す。

「まりあ、とってもきれいだ！　まるで、この世に舞い降りた天女のようだよ」

「装二郎様、大げさですわ。もしかして、ウメコから嘘を習ったのですか？」

「嘘じゃない、本当だって！　君は世界一きれいだ」

きっと本心から言ってくれているのだろう。まりあはそう思い、彼の言葉を素直に受け取る。

「装二郎様も、とってもすてきです」

「まりあがそう言ってくれるのならば、自信を持とうかな」

神前式まで一緒に過ごせるものだとまりあは思っていたのだが、花乃香と美代子がやってきたと告げられ、装二郎とは別れることとなった。

「えっ、夫である僕と親友と、どっちが大事なの？」

「はいはい、装二郎様のほうが大切ですから、また式でお会いしましょうね」

装二郎がいなくなると、本家から来た使用人の案内で花乃香と美代子がまりあのもとに現れた。

「まりあ様！　最高にお似合いです！　なんておきれいなのでしょうか！」

「花乃香様、ありがとう」

美代子はにっこり微笑みながら、まりあに祝福の言葉を贈る。

「本当におめでとう」

「美代子様、ありがとうございます」

笑顔で向かいあっていたのに、視界の端にいた花乃香が頬を膨らませている。どうしたのかと問いかけると、まりあが想像していなかった言葉が返ってきた。

「美代子様はまりあ様に酷い言葉をかけていたのに、いつの間にか仲良くなっていたので、ヤキモチを焼いていたんです」

なんて可愛らしいことを言うのか。まりあは花乃香を抱きしめたくなったが、婚礼衣装をまとっているので、ぐっと我慢した。

一方で、美代子は反省の態度を見せる。

「舞踏会での件は、申し訳ないと思っているわ。当時の私は友人を亡くし、周囲が見えなくなっていたの」

あのときのことは水に流す、これからは仲良くしてほしい、とまりあは彼女達に願った。

「我が儘かもしれませんが、花乃香様と美代子様が仲良くしてくださると、わたくしはとても嬉しいです」

嫌がるかも、と思っていたが、花乃香は美代子に対してにっこり微笑みかけた。

「まりあ様がお認めになったお方ですので、ぜひとも仲良くさせていただきたいです」

「変わり身がすごいわ」

引きつった笑みを浮かべる美代子の手を、花乃香はぎゅっと握りしめる。

新しい友情が誕生した瞬間であった。

神前式の結婚式は山上家の真なる本邸で行われた。招待したのは親族と一部の親しい者ばかり。あやかし達も参加し、賑やかであった。

化け狐や狸、猫達が跳びはねる中で、皆に見守られてまりあは装二郎と夫婦の契りを交わした。

披露宴ではまりあの両親とゆっくり話すひとときがあった。

「まりあの晴れ姿を二回も見られるなんて、果報者だな」

「本当に。ドレスも似合っていたけれど、和装もすてきだわ」

「お父様、お母様、ありがとう」

装一郎と美代子は隣りあって座っていたが、なにやら言い争いをしている。まりあはこの祝いの席に、と思いつつも、どこか仲よさげに感じるから不思議であった。

コハルは人型になり、まりあのそばにいてせっせと世話をしてくれるのがなんともいじらしい。清白は通常、神饌《しんせん》を置くような三宝にとぐろを巻いて眠っている。正月の鏡餅のような状態になっていた。途中でウメコが小さなみかんを載せたので、そうとしか見えなくなっている。

披露宴は終始和やかな雰囲気で、楽しい時間をこれでもかと過ごした。

そして、装二郎とまりあはようやく初夜を迎える。

「ほんっとうに、長かった!!」

「ええ、そうですわね」

今日は特別だから、と夫婦揃って純白の寝衣で寝床に入る。

「ああ、だめだ！　緊張してきた！」

「装二郎様、わたくしも、です」

星空でも見ながら緊張を解そうか、という提案にまりあは賛成する。

窓を開くと、満天の星が輝いていた。

「手を伸ばしたら、星に手が届きそう」

「あ、装二郎様、流れ星です！」

流れ星が消えてなくなる前に、願い事を唱えたら叶う。そんな話を思い出し、まりあは必死に願った。

「まりあ、流れ星がどうしたの？」

「消えてなくなるまでに、願い事をしたら叶うって話、ご存じありません？」

「知らないなー」

まりあの母から聞いた話だったので、異国の風習かもしれない。

「なんて願ったの？」

「装二郎様と、幸せになれますように」

「それは星じゃなくて、僕に叶えさせてよ」

そう言って、装二郎はまりあを優しく抱きしめる。

熱く見つめあい、ふたりの影がそっと重なった。


こうして、正真正銘、まりあは装二郎の妻となった。

契約花嫁が、本当の花嫁となったわけだ。
毎日可愛いあやかし達に囲まれながら、幸せに暮らしていく。
いつまでも、いつまでも。

主な参考文献

『感染症の日本史（文春新書）』　磯田道史著　文藝春秋
『吸血鬼伝説（「知の再発見」双書）』　ジャン・マリニー著　池上俊一監修　中村健一翻訳　創元社

本書はフィクションであり、実在の人物および団体とは関係がありません。

帝都《ていと》あやかし屋敷《やしき》の契約《けいやく》花嫁《はなよめ》

溺愛《できあい》仮夫婦《かりふうふ》が、鬼《おに》の開《ひら》いた夜宴《やえん》に挑《いど》みます！

江本《えもと》マシメサ

2023年7月5日初版発行
2023年7月29日第2刷

発行者……千葉 均
発行所……株式会社ポプラ社
〒102-8519 東京都千代田区麹町4-2-6

フォーマットデザイン 荻窪裕司(design clopper)
組版・校閲 株式会社鷗来堂
印刷・製本 中央精版印刷株式会社

落丁・乱丁本はお取り替えいたします。

電話（0120-666-553）または、ホームページ（www.poplar.co.jp）のお問い合わせ一覧よりご連絡ください。
※電話の受付時間は、月～金曜日、10時～17時です（祝日・休日は除く）。

ポプラ文庫ピュアフル

ホームページ　www.poplar.co.jp

N.D.C.913/285p/15cm
ISBN978-4-591-17852-2
P8111358

ポプラ文庫ピュアフルの好評既刊

帝都にはびこるのは鬼かあやかしか？
魔眼を持つ契約花嫁が大奮闘！

江本マシメサ
『帝都あやかし屋敷の契約花嫁』

装画：とき間

大正時代、名家・久我家は当主の失脚により没落。御嬢様だったまりあは許嫁に婚約破棄され、下町のボロ家に住む。そんな彼女が夜会で出会ったのは、日本有数の名家である山上家の装二郎。しかし山上家には、帝都にはびこり夜な夜な事件を起こすあやかしを匿っているという不穏な噂が。だが、両親への援助を条件にまりあはそこに嫁ぐことになり……？　契約花嫁があやかしと当主を守るため大奮闘！　もふもふ大正ファンタジー。

おいしい料理で、妃の病を治す!?

江本マシメサ

『七十二候ノ国の後宮薬膳医
見習い陶仙女ですが、もふもふ達とお妃様の問題を解決します』

装画：きのこ姫

見習い仙女は百年間、人間界で人を幸せにしながら徳を積むと一人前になれる。桜桃香は陶器の『声』を聞く修行中の陶仙女で、七十二候ノ国にて満腹食堂を営んでいた。常連で後宮の御用聞きでもある陽伊鞘に助けられるが、料理の腕を見込まれ、後宮付きの薬膳医になる羽目に。さらに、後宮に入るためには伊鞘と契約結婚する必要があって？　もふもふの仲間達と王妃達の病を治すために奮闘する、中華風後宮ファンタジー！